文芸社セレクション

七つの文塊（ふみくれ）

宮地　幸二郎

MIYACHI Kojiro

文芸社

目次

池上三重子さんのことなど……5

落ち葉から言の葉へ―自分小史―……25

短歌をめぐるあれこれ……55

読谷親鸞塾だより―平成の終わりに寄せて―……87

雑誌『赤い鳥』創刊百年に寄せて―数周回遅れで―……123

一九七一……143

とんぷくとんぷくナンマンダー……165

あとがき……185

池上三重子さんのことなど

池上三重子さんについて一体どういう経緯で知ったのかつまびらかではない。記憶がない。とっかかりはたぶん短歌で、新聞紙上で『妻の日の愛のかたみに』を知りアマゾンで購入したのだろう。その後池上さんのご主人北島敬之(よしゆき)ちなみによしゆきをパソコンで検索するとなんと二百五十以上もあって敬之もちゃんとある。ルビがなければたかゆきと読むのが一般でしょう。その敬之さんが私の妻の母親のお兄さんと分かる。つまりおじさんなのだ（ずいぶん余談ながらよしゆきについては好志もよしゆきとよむ。十数年前ノーベル賞を受けた田中耕一さんの上司として新聞紙上に十川好志の名を見て大学の同級生だなあとすぐにわかった。もう何十年と会ってないけど名前の読みが特異なので覚えていたのだ）。

妻の伯父北島敬之さんは平成九年に亡くなられたが生前一度入院先に御見舞いしたことがある、我々が結婚して三年目。小生は婿養子として雲照寺に入寺していた。ベッドに横になっておられる姿をぼんやり覚えているぐらいである。勿論池上三重子さんの元ご主人など知るよしもない。

妻の母信子は、敬之氏が長子長男で、第五子四女として北島家に生を受けている。『わが母の命のかたみ』第一章に次のようにある。「昭和三十三年二月、生きてもどらぬようにとの祈りかなわず、国立別府病院から実家に舞い戻った私は、その年の十一月に婚家に戻った。離別の意中を告げたのは、そのときだった。夫は取り合わなかった。翌春、夫の末の妹が結婚した」この末の妹が義母信子である。義母信子も平成十八年に死亡した。その後この十年の間に三人の姉さん達も他界した。今柳川の北島家には敬之さんの後添いの光さんがお住まいです。お二人の間にも子供はなく姪御さんが同居されています。

昭和二十五年北島敬之（二十八歳）三重子（二十六歳）二人が結婚したとき、長女英子二十六歳（三重子さんとは生年月日二日違いの正味の義妹）次女立子二十四歳、三女みどり二十一歳、四女信子十七歳。義父母と義妹四人。農家である。心身の苦労がしのばれる。「専業農家なら、またたく間に終わるわずかの作付けだが、他人をやとわず、半素人の彼の父と私が主だから仕事はなかなかはかどらず休暇いっぱいかかった」

『妻の日の愛のかたみに』にはほかに「その日、作業が早目にすんだ。一足先に田んぼからあがり、縁側にかけてお茶を飲んでいる家族の中に、すうっと入っていくにはためらいがあった。彼はまだ学校から帰って来ていなかった」ただ義父は折にふれ目をかけてくれていたことがつよくうかがわれる。むしろそれが後押しとなってお義父さんが亡くなったとき離婚を押し切ったように思える。「そうしたところへ、彼の父が急逝したのです。この機会を、天からの啓示のように受け取りました。今を逃しては、彼は永久に私と別れられない、ここで崩れては、またずるずると私の無残に巻き込むと恐れ、はっきり、今度こそはっきりと、決別の心をととのえたのでした」

家柄を誇る家族制度からの訣別でもあったわけです。思うに敬之さんは三重子さんの真の苦悩に気づいておられなかったのではなかったか。別府柳川往復書簡、敬之さんから三重子さんへつぎのような一節がある。映画『智恵子抄』を見ての感想である。「それに光太郎の純愛が、僕を圧倒してしまいました」それに対して三重子さんの書簡中にはつぎの歌がある。

浜に遊ぶ狂える智恵子にむせびしと病み妻吾も智恵子の一人

三重子さんの著作を拝読して二人の女性のイメージが重なった。一人は森三千代、自意識の鬼詩人金子光晴夫人で自身作家でもある。モガの先駆けで若い恋人との仲を生木を引き裂くような仕打ちを光晴から受けたこともある。やがて三重子さんと同病（リウマチ）で病臥しながら作家活動を続けた。ふたりは離婚することなく光晴没後ちょうど二年、亡くなっている。その後光晴の愛人の存在が明らかになり映画化されもした。

今一人は『二十四の瞳』の大石先生。三重子先生発病してから徐々に重症化していくときの描写。「教え子たちは可愛い。ほんとうに純にやさしかった。カーブに姿をあらわすバスを、二階の教室の窓から身をのり出すようにして手を振りつつ待った。押し合いへし合い雀の子のようであった。それとみとめると先を争って駆け下り、私の手から弁当箱を取り、両方から支えるように助け歩いてくれた。両方の脇侍役にあぶれたものは、足もとの石ころ見つけて蹴りやりたいらにするために、真剣なまなざしを道路の上に落としていたのだった」「食事が急速にすすまなくなり、半分から三分の一ぐらいに減らして軽く詰めた弁当箱一個が、重い荷物のように感じられた」

私はここ十数年短歌作りをルーチンとしている。最低一日一首。月産百～百五十首。日記代わりに手帳に書き付けパソコンに起こしている。駄作の山の中から少しはましなのを見繕って新聞雑誌に投稿している。そもそも短歌といえば最初に接したのは百人一首。古い家柄に生まれ正月の源平合戦の記憶もある。母が読み手だったなあ。一番好きなのは、

田子の浦にうち出でてみれば白妙の富士の高嶺に雪は降りつつ

この札だけは取られまいと目を懲らしていた。雪が好きでこの歌が好きになったのかこの歌が好きで今でも雪が好きなのかなとも思う、白い悪魔という言葉を知った今でも。三重子さんにも印象深い一首がある。

土に積む朝の深雪の美しさ鏡傾け母が見するを

この母は無論池上キクさん。三重子さんのご母堂で百五歳になんなんとするまで三重子さんとともに命の炎を燃やし続けられたそのかたである。

短歌については小中学校で習い実作もしただろうがあくまで課題。高一の冬休みはたしか百人一首を覚えるのが宿題だったように記憶してるが、そうなるとちょっとなったと思う。理系の志望でもあったので古典への興味も失せてしまっていた（古典の時間は内職の時間で、はたと気づくと先生が後ろに立っていたこともある）。その後大学中退を経て金子光晴に触発されて詩を書くようになり「現代詩手帳」にも投稿し、誌上若山牧水の特集があり、朝昼晩一、二升の酒を飲み、亡くなったときほとんどアルコール漬けだったということを知りさっそく牧水歌集を買い、これは素面で詠んだ、これは飲んだくれて詠んだとチェックをいれて遊んでいた。

白鳥は哀しからずや空の青海のあをにも染まずただよふ

さてこれは素面歌か泥酔歌か、何升飲んでも酔っぱらうことはなかったのだろう、四合で酔っぱらう私なんかと違って。青春時代買った歌集はこれ一冊、啄木も茂吉も持ってない。

やがて四十歳を過ぎて雲照寺に婿養子として入寺し今があるわけだが、寺務というのはいわば待ちの時間が多い。車での移動も多く、良くないけど信号の待ち時間にぱっぱっぱと書き付ける。ほとんどカタカナで。これを解読（コロンボの手帳に書いているので自分でもよく解らないことがある）してパソコンに起こすわけだ。

短歌を日課とするようになったのは河野裕子さんの存在が大きい。西日本新聞短歌欄の撰者をされている頃まだ投稿していなかったがある時選評にとにかく書くことばんばん書くことですというようなことを書かれているのを読み、逡巡していた瀬高短歌会への入会を決めたのだった。河野さんが撰者をされているあいだに投稿することはついになかったけど、河野さんからはその生き様死に様に強いインパクトを受けた。

たつぷりと真水を抱きてしづもれる昏き器を近江と言へり

この歌は河野さんの作でご自身がお好きな一首だったそうで、因みに私は近江の生まれ河野さんは火の国肥後のお生まれ、勝手に因縁を感じております。近江と言えば塚本邦雄は滋賀県生まれ。大学を中退して家でプータローをしているときたまたまテレビの対談番組で彼が披露した歌、

初蝶は生(あ)るる一瞬遠ざかる心越ゆべき言葉あらねど

何十年も前にテレビで見ただけなのになぜか覚えている。塚本邦雄に関しては短歌史的に少し知ってるだけで歌集も持っていない。前衛短歌は嫌いじゃなくて、若い頃の詩はむしろ前衛的だったたと思う。

百人一首の読み手をしていた母が手帳に短歌を書き付けていたことは知っていたが、小生二十一歳の時自死した母の形見として持っていたはずが何度も引っ越しをしてい

るうちになくしたようだ。もっとも鉛筆で書いていたから判読できたか怪しい。今私が短歌をやっていることを母は喜んでいるだろうと姉たちは言う。供養になるだろうとも。

親鸞の御和讃を知ったこともモチベーションになった。あの恩徳讃、

如来大悲の恩徳は身を粉にしても報ずべし師主知識の恩徳もほねをくだきても謝すべし

も親鸞作の和讃の一つである。和讃は内容に重点があるものだが型式的にはかなり自由である。

日記代わりの短歌、一日一首をルーチンとし興が乗れば多い日は十首以上、月産百〜百五十首といったところ。だから内容は多岐にわたる。花鳥諷詠生活詠社会詠そして道歌。どのジャンルにも属さない歌もあるだろう。日記と言い上その歌を詠んだときの状況が必ずしも浮かぶものではない。こうして駄作の山ができあがる。そこからちょびちょび抜き出して新聞雑誌に投稿しているのだ、分け入っても分け入っても駄作の山。ちなみに短歌投稿のペンネームは二つあって、釈幸琉部（シャクコウルべ↓

シャレコウベ)、真木信心(シンギシンジン)。釈幸琉部はコルベ神父画家クールベに、また真木信心は牧伸二に由来する。

さて昭和三十五年(私の妻宮地祐子生誕年でもあるが)ドキュメンタリー作品『この命ある限り』が放映されて以来少なくとも昭和五十七年までの間に主に「妻の日の愛のかたみに」と題されて幾度もテレビドラマ化あるいは映画化されているのだが私には見聞した記憶がない。演じられたのは三重子さんには乙羽信子、若尾文子、倍賞千恵子、敬之さんには伊藤雄之助、船越英二、滝田栄とさほど芸能界には詳しくない私でも知っているそうそうたる顔ぶれである。しかし妻の祐子も見たことがないという。母の信子さんからも聞いたことがないという。

昭和二十七年生まれの私は昭和三十九年の東京オリンピック以降家にテレビのある世代で『愛と死を見つめて』は記憶にあるのだから多分『妻の日の愛のかたみに』も見たとは思う(姉が三人いて彼女らにチャンネル権があったであろう)。そうして『わが母の命のかたみ』にあるように木島則夫モーニングショーで

来世(らいせ)あらば身健(みすく)やかに夫(つま)に添わん碧(みどり)明るき空に柿照る

三重子さんのこの絶唱を松尾和子がオーケストラをバックに切々と歌い上げたというではないか。メロディーが浮かぶようだ。いや松尾和子亡き後誰か即興で歌い上げてくれまいか。中島みゆきでどうか。

それにしてもこれだけの放映映画化そして著書で生じる印税は半端なものではなかったと思うが下世話だがやはり気になる。これについては著作ではとんとうかがえぬ。過日池上隆昭さん（三重子さんの甥）の講演でうかがったところでは、『この命ある限り』のディレクター中島力さんに一任されていたということ。ここではこれ以上立ち入ることはやめる。ただ天草での紫明寮もはじめは六人部屋だったというし、もっと条件のいいとこを選ぶだけの経済的余裕はあったんじゃなかろうか、たぶん三重子さんの潔癖さゆえの選択であったろうと推測するばかりである。『わが母の命のかたみ』のなかに彼女の潔癖さというか強烈な自尊心を垣間見ることが出来るエピソードがある。

紫明寮に入るうんと前、見舞いに来られた元同僚の言に対して、

「センセや、病人のごとはなかねえ。美しゅして、ちっとも汚れとらんとねえ。おかあさんのお手入れの、よっぽど良かじゃろ？」

「私は名状しがたい変な気持ちに襲われた。病人は汚い？　よごれている？　それが世間の目？　私は世の病人代表になったような、ある種の屈辱感で索然となった」

索然という言葉この著書で初めて見た気がする。空虚なさま、興ざめのするさま、散り散りになるさまと辞書にはある。

唐突だけれど私の短歌にこういうのがある。

障害の害の字碍にあらためよそこなうにあらずさまたげなりき

最近は障がいと書き綴ることも多いが、音的に害の字が残るし、碍は碍子の碍なにより無碍光の碍。折角漢字を残している文化を生きているんだから。

平成二十七年十一月縁あって天草富岡城址の近くの鎮道寺に報恩講の講師に招かれた。

四日間六座、一座二席、一席四十～五十分はなかなかの分量で準備に大わらわ。あの紫明寮が鎮道寺のそばだろうことはぼんやり分かってはいたし、池上三重子さんのことをお話しさせてもらおうとも思っていたのだが結局準備不足でお話しすることはなく、鎮道寺は勝海舟が逗留し、

蒸気の御船にのりて再びここ旅に寝せしかば、
たのまれぬ世をば経れども契りあらばふたたびここに月を見るかな
日本海軍指揮官　勝麟太郎

という落書きを残していることは予備知識で知っていたのだが結局特定することなく天草の地をさった。それだけ法話のプレッシャーが大きかったということかもしれない。

三重子さんのおかあさんキクさんは妙好人と呼ぶにふさわしい人だと思うが、その一文不知の輩に成り賜いしきっかけが振るってる。

『わが母の命のかたみ』にこうある。

「登校拒否のきっかけは二年生に進級して加わったソロバンである。ソロバンは三級上の伯父と共同で、時間になると二階の教室へ借りにいく。と、シチと級友によばれている子が囃す。はにかみ屋の母は、たびかさなるうちに学校へ行くのが苦痛になった。だれにも告げず悶々と暮らす。七月三日、母に妹・エミが生まれた。命名は母で、隣村の遊び仲良しの名前を付けてもらった。妹の誕生が格好の口実となった」

「あたや、何ちゅう馬鹿じゃっつろか。『エミば守するけん、学校さん行かんちゃよかろ？　ち、ととさんに頼みこうで止めてしもた。たった四年、行きゃよかったつに』」

キクさんは若い頃四斗一俵六十キロを一人で肩に担ぎ上げたそうである。歌唱はこれまた何でもござれ、九十歳を超えて二時間歌ってもあきない、いや尽きない、これもまた妙好人ぶりか。キクさん百四歳の独り言。

「人間な、生くるも死ぬも神さん任せ。この世に出るとも、来るじゃなかもん。来らせらっしゃるとじゃん。死んとも、息の切るるとじゃなか。切らっしゃるとじゃん。天草は死んでから行くとこ、ち、聞いとったが、生きとるうちー い来てしもた……こりも神さんのさしゃったこつじゃろ？」

そして昭和六十三年十一月六日百五歳の誕生日まであと一ヶ月、キクさんは命終なさった。そこからがすごい。理事長の配慮で車いすごと乗れる車にキクさんの遺体そして三重子さん、付き添いの人ふたりが乗って天草路をフルスピードで走る。キクさんにとっては十八年ぶり、三重子さんにとっては三十年ぶりの帰郷。折から農業基盤整備事業まっただ中。まさに今浦島の心境。

私にも似たような経験がある。大学中は下宿していたが多分数年ぶりぐらいで帰ってみると、子供の時遊んでいた川がない、土手の桑の木がない、嗚呼。彼女は三十年ぶり。米どころ、藺草どころ、ござどころを育み、暮らしを潤してきたクリークは、一様に高低なくならされてのっぺらぼうになっていた。まるで怪談だ。

葬儀は菩提寺・円照寺で執り行われた。さいごにキクさんが五番まで暗唱できる母校校歌と恩徳讃が参列者によって歌われた。恩徳讃が葬儀で歌われるのはきわめて珍しいと思う。斎場などでメロディーだけが流れるのはよくある。が、この恩徳讃語源的には粉骨砕身、骨を粉にして身を砕くだろうが、身を粉にし骨を砕くのほうがすっかり定着しているのも親鸞のおかげか。親鸞の原典読み替えは有名で、それもこれも真宗を明らかにするためであったと、わたくし的には思っている。

三重子さんはキクさん死後、大川の永寿園に移りそこを終の栖とした。

平成十六年から逝去する平成十九年まで『自省抄』（マルクスアウレリウスの自省録にちなむ）と題する日記を『銀座一丁目新聞』に連載した。連載は死によって中断されるまで足かけ三年六十四回に及んだ。今のところ書籍化されてはいないようだがインターネット上で読むことができる。発病してまだ間のない頃、小説『草の花』（福永武彦）で登場人物が手術の麻酔ミスで亡くなるのを読み、これだと思って受けた手術でも死ねなくて、敬之さんと別れ奇跡のような天草での十八年を経てたどり着いての日々、希死念慮は通奏低音のごとしだがまさに生死一如を表現していて余すところが無いと言えよう。

母親キクさんが魂の奥底に存在しているのは当然で、ただそれが単なる思い出とかではない。「何でん無かが一番よか」といいながら季節それぞれ、律儀に几帳面にお供え物を作り仏前神前家族に親類縁者に振る舞ったその姿供え物がリアリティーをもってうかびあがっている。自省抄にこうある。

「伝統行事をしきたり通りやって下さったおかげで季節と行事が伴って記憶され、こうして豊かな思いを反芻できるのです。砂漠型荒野型人間にならずにいられるのですよ、ありがとうお母さん」

またハンセン病に関心を寄せ、看護婦になろ！　お医者さんになろ！　と思った十三、四歳の頃に思いを馳せ次のように詠む。

志す癩患看取りをなすを得で八十三我せつなきものを

すべてを介護にゆだねる身。時には起こるこんな思いも吐露されている。

「永寿園は介護者養成所じゃないんだ！　私は養成員じゃないんだ！」「仰臥三昧の

全介護、ペンを何かのはずみで飛ばし、そこ私の脇に見えているのに手を伸ばし得ず、遂に人を呼ぶーつくづく生はもう沢山、もう嫌、なのに神よ、尚、生をいつまで賜うというのですか」

「もう一ぺん地球に真っ直ぐ立ってみたい」という思いもまた通奏低音として流れていたことでしょう。それが時として悔恨を伴って攻撃的に現れる。リウマチ発症の直接の原因としか思えない、当時勤務していた学校の校長と教頭の理不尽な仕打ち、大人のいじめ、新参者への古強者の威圧。彼女にはまだ荷の重い教研発表を押しつけたのである。夏休み四十日を当てて準備し発表は九月三十日。無事に終えその日もたれた研究発表者をねぎらう宴の席で、彼女への言葉かけは二人からはなかった。これはもう大人のネグレクト虐待であろう。発表会終了後二日目に発症。ああ、十月二日は私の悲痛と怨念の記念日です、とも書かれている。

また性愛の悩みも吐露されている。

「その当時、私は柳川郊外の仮寓に母と暮らしていた。遊びに来た教え子、文江さんその他数人いた。文江さんが言った。先生は六年生の女の児ぐらいしか知っとんなさらんじゃろ、と冗談雑談、笑いさざめきの中で。そうかも知れない。そうでないかも知れない。とぼけているかもよとは心の内……。明晰の人にご縁があった。臥床の身でなければおたがいに不倫すれすれを意識していたと言えようか」そしてこう述懐されている。「男が女が天（神）から与えられている性を、どう考えようと行為しようと、それも授けられた恩恵、恩寵。人間は大切のする（ここは意味不明）。粗雑にしないことが劫初からの自然の秩序に随順する報恩と言えるのではないだろうか」

短歌について書かれているところ、添削されて地方誌に載ったのに憤り、『婦人公論』に元々の歌を投稿してそれが二席に選ばれたと。参考までにその二首。

健やかな妻欲し以前の汝れ欲しと酒乱の夫の狂いて哭くも
健やかな妻欲しもとの妻欲しと夫酔い泣けどわれ如何せん

一首目が元々の歌。鑑賞は銘々にまかせるとして、仇に添削すると元々の歌と違ってしまうことがままある。やはり実作者が直に詠んだものの力を超えることは無いと私も思う。私事で恐縮だが似たような経験がある。

死ぬときは死ねばよろしい迷わずに無一文にて渡らせたまふ
死ぬときは死ぬがよろしき迷わずに無一文にて渡らせたまへ

一首目が元々の私の投稿歌。二首目が選者岡野弘彦氏が添削して読売新聞のその週の一席になった。注意してみてもらえば分かるが、一番大きな違いは「渡らせたまふ」と「渡らせたまへ」である。阿弥陀仏は一切の衆生をお浄土に導いて間断することがない。衆生の思いを遥かに超えて浄土に往生させる。それが如来の仕事だ。よって二首目は当たらない。全く別の歌になってしまう。読売新聞によほど投稿しようかとも思ったがオトナゲナイのでやめた。ここにこうして表明できたことありがたく思います。威張ることと卑屈であることはコインの裏表。親鸞に接すれば接するほどその感を強くする。池上三重子さんに共通のものを感じて思い入れが深まったのであろう。

自省抄ほとんどの回が「夢見にお待ちいたします」あるいは「夢見にお待ち下さい」でしめくくられている。実際ずいぶんお母さんとは夢の中で会われていたようである。夢は不可思議、親鸞にも夢告があるが「夢」といえばやはり明恵。十九歳から五十九歳まで実に四十年間実際に見た夢を書きつづった。ユング研究の泰斗臨床心理学者の河合隼雄さんの『明恵 夢を生きる』に詳しい。まさに明恵は釈尊の遺弟として夢を生きた。そして誤解を恐れずにいえば親鸞は夢に導かれて浄土の道を歩んだ。明恵は摧邪輪で法然、浄土教を批判し親鸞はそれに応えるように教行信証という奇書、妙典を著した。正像末和讃に「如来の遺弟悲泣せよ」とも詠んだ。そしてじつは親鸞と明恵は同年の生まれ。地獄を一定すみかとした親鸞、耳を切り落とし樹上座禅にふけった明恵。二人とも生死一如を体現して余すところがない。永寿園の寿はことぶきだけれど帰命無量寿如来の寿である。永寿はそのまま無量寿、はかりしれないいのちである。

さいごに小生の拙作を敬之さん三重子さんキクさんに捧げさせていただきたい。

良き雪と菊につつまれ三重七重心のひだは浄土に靡く

了

落ち葉から言の葉へ

——自分小史——

六十年以上も生きているといくつもの風景が心の襞に張り付いているものだ。それを背景にささやかな自分史を試みた。

昭和三十三年四月私は近江八幡市立馬淵小学校に入学した。ただ一年二年時は馬淵小学校倉橋部分校に通った。本校までは徒歩三十分以上分校までは徒歩五分以内。倉橋部町は町とはいうものの約四十戸、標高百メートルに満たない山の連なりの裾に添って開けた集落である。

江戸時代から続く旧家竹岡家は戦後の農地改革によって没落し、父はしがない地方の一銀行員をしながら、少し残った田畑を耕しながら生計を立てていた。

屋敷は優に築二百年は経っていて山裾のほうに分厚い土蔵があった。ものごころついた頃にはかなり蔵の中の物は古物商や映画の道具などとして売られていたようで刀身はなく鞘だけとか槍先のない棒だけの槍があった。金属は戦時中供出したのである。火縄銃も何本かあったし陣笠もあった。時代劇必須のアイテムだが残されていたのは多分不良品であったりその物が有り余っていたのだろう。武家でもないのに武器があるのはかつて没落武士から巻き上げたのかもしれない。蔵は二階建てで二階にはご真影を安置する観音開きの祠のようなものがあった。ただもう写真はなくいつからそこに安置するようになったのかは今となっては知りようがない。ただ広辞苑によれば、教育勅語発布（一八九〇〈明治二十三〉年）前後より、願い出のあった学校などに宮内省から天皇皇后の写真は下付された。一九三〇年代にはほぼ全ての学校に普及。とあるが、思うに小学校の校長をしていた祖父が戦後学校の祠を持ち帰ったのかもしれない。

ちなみに一九三六（昭和十一）年が二・二六事件の年である。写真でしか知らない祖父だが禿頭に髭、典型的な明治の教師。私が生まれる数年前に亡くなっていたがその影響だろう、私がものごころついた頃も親戚同士で敬語で挨拶しあっている光景が子供心にも違和を感じた。儒教的風習というのかな、今でも苦手だ。

この蔵も母屋とともに数年前解体され今は新しい家が建っている。ただ時代劇に出てくるような門だけは残されている。もうかなりガタが来ていて危ないと言えば危ないかもしれない。が、かつての竹岡家を象徴する建物だけに解体がためらわれたのだろう。この門のため、お寺と間違われることもあった。

そして平成二十九年、昭和にすれば九十二年、私はみやま市瀬高町雲照寺住職として入寺しすでに二十余年、二階が鐘楼になっている門があるお寺に住んでいる。もっとも鐘はやはり戦時中供出して以来無鐘である。

築二百年を超えた母屋を古民家として再生させるのはちょっと無理があったと思うが黒光りする大黒柱、透かし彫りした欄間、土間にあった大釜、土間の高い天井を支えていた太くて大きな自然木の梁などは廃棄するのはちょっと惜しい気がしたのだがどこかで利養されていればと思う。

母屋には五右衛門風呂があって焚き口は屋内にあった。よくもまあ火事を出さなかったものよと思うが、雨の日や冬場のことを考えてのことだったのか。煙突からは火の粉が上がるのが見えたからなあ。焚き物は廃材、枯れ枝、ゴソ（落ち葉、ガサゴソからきたのだろう）など。冬場裏山に入ってのゴソ掻きは重要な子供の仕事。風呂焚きは主に祖母の仕事だったが勿論子供も手伝った。それにしても祖母の風呂焚きは芸術的だったなあ。子供がついがんがんとゴソや籾殻（火持ちがよい）を入れると燻ってしまうが、祖母がちょんちょんとくすぐるように火元をいじるとパアッと燃え上がるのだった。

桜や銀杏、楓、松が植えられていた分教場の校庭にも落ち葉は舞った。この落ち葉は教材に使われた。数を数える道具の一つとしてまた美術の画材として。

分校は一年二年複式学級だった。教室は二つあったが一つに机椅子もう一つは多目的教室、つまり板の間、時に娯楽室時に体育室等につかわれた。

教師は近江八幡市街地（元八幡、豊臣秀次の八幡城の城下町、田中吉政による八幡堀は今も健在で、これも吉政の手になる柳川のほりわりと同じく川下りがあっている）から自転車で通っていた女先生の武久先生そして週に一度校長の辻先生がみえていた。

武久先生の落ち葉を使った算数の授業、辻校長の文庫本のグリム童話の朗読が私を、数学者にして童話作家にあこがれさせたこともあったがついにどちらも果たさぬまま馬齢を重ねてしまった。数学者たるには能力が足らず、童話作家たるには人間の裏を見すぎてしまった。

倉橋部分校には倉橋部町の他さらに奥地の浄土寺（じょうどじ）町新巻（しんまき）町からも生徒は来ていた。彼らは自転車通学だった。浄土寺、新巻も倉橋部山から連なる山の麓に広がる集落だ。山は少し小高くて正月用のふなご（裏白）採りはこっちまで出向いた。シダ類のふなごは日当たりのわるい谷間にたくさん生えていて、別に売ったりはしなかったが小ぶりでかたち良く傷みのないものを求めて、年末、時には雪の残る山の中に入っていった。ただ、多分ミツマタで紙の木と称していたが、これは春休みなどに木鎌で切って皮を剥いて売って小遣いにしていた。私は自転車に乗れなかったのでいつも東隣の家の一学年下の男の子の荷台に乗せて貰って行ったのである。

彼にはずいぶん世話になった。八朔（新暦の九月一日）近在のお宮で相撲大会があったがやっぱり彼の自転車に乗っけて貰っていったのである。同じ日そのお宮の馬場で屋外映画もあっただろう。まだまだ残暑の頃で「甘こて冷やこいのが一杯が五円一杯が五円」剥ぎ（薄い折り詰めの板を舟形にしたもの）にかき氷を盛っての口上がお宮の森に流れてもいたであろう、その世話になった彼も先年還暦を過ぎてまもなく癌に斃れた。私の兄の七回忌の法事で実家に帰ったとき彼の四十九日の少し前だった。ちょうどクーラーの付け替え工事をしていて彼の奥さんには会ったが彼の年老いたお母さんには会えず（むしろ会わない方が良かった）ただお供えした御仏前に対して彼の奥さんから手紙を付けたお返しが後日届いた。思えば彼とは高校卒業するまで青年団の活動をともにしていた。青年団の活動といっても春祭りの松明に使う葦の皮を剥いたり、新年一月十四日の左義長（こちらでいうほんげんぎょう）で燃やす藁や竹を集めたりといったことで今はもうどうなっていることやら。

もっとも自転車には中学入学直前姉の特訓のおかげで乗れるようになっていた。中学は自転車通学だったのだ。新巻山から倉橋部山に平行して流れる日野川堤防で昭和三十九年小学校六年の春休み背水の陣で自転車乗りに取り組んだのである。わがことながらなぜそれまでに練習しなかったのか。いつもいつも隣の子に乗っけて貰って何ともなかったのか。浄土寺新巻の子等は女の子も自転車で通っていたではないか。そしてとうとう小学校最期の春休み、大人用の自転車でサドルをはずし座布団をくくり付け姉に後ろの荷台を持って貰い日野川堤防を走る。軽くなった。姉が手を離したのだ。その時名残の雪が舞っていた。

昭和三十四年は小学校二年生。新学年直後四月十日皇太子美智子様ご成婚。うちにはまだテレビがなかったので馬淵小学校本校近くの親戚の家に弁当持参で家族みんなで出向いたのだった。普段は子供の気安さで集落内のテレビのあるうちへ早めに晩ご飯をすませて見せて貰いに行った。相撲は栃若柏鵬時代。実写版の鉄腕アトムも見ただろう（インターネットで調べると果たして一九五九年、昭和三十四年三月に第一回放映がされている）。カラーのアニメ鉄腕アトムを見慣れている人にとっては実写版のほうが先だったというのは意外だろうけれど、勿論私にとっても谷川俊太郎作詞の鉄腕アトムの歌、声優のアトムの声のほうが印象深いがインターネットで確認するまでもなく実写版のアトムの印象が残っていたのである。

昭和三十四年はそれだけ記憶に残る年だったのだろう。九月伊勢湾台風来襲。紀伊半島から鈴鹿山系を通過、伊勢湾で高潮が発生数千人の死者が出た。台風の眼は倉橋部町の直近を通ったと思われる。百メートルに満たない我が家の裏山が崩れた。山際に建っていた旧家の一部に土砂が流れ込んだ。蔵も母屋も全体としてはびくともしなかったが納戸と呼んでいた山際の部屋に、五人兄姉末っ子の私は両親に挟まれ川の字で寝ていた。嵐の音雷鳴が恐く布団に潜っていてそこに土砂が被ってそこから私は引っ張り出された。私は無傷だったが母がたんこぶを作っていたのを覚えている。兄姉たちと祖母は土砂の害を直接受けない部屋でやすんでいて無事だった。

　この山崩れせいぜい幅十数メートル高さ十数メートルの規模だったと思うが、崩れたあとから壺に入ったお骨が出てきたのである。壺型の花瓶風で青磁っぽかったように記憶している。なぜ小高い山の中腹に骨壺が埋まっていたのか今となっては調べようもない。ただ安吉千本という言葉があってかつて千本のお寺が倉橋部山中に建っていたと言うことだった、と思うがそんなスペースはない。しかし細長く伸びた倉橋部山の真ん中あたりに安吉(あぎ)神社があり東端近くにある上(かみ)の寺（正式名称は愛樂寺）の名字が安吉さんだった。因みに下(しも)の寺は中島さんで、この二人の住職、教師と公務員の兼職だった。倉橋部山の山裾に添ってせいぜい四十軒の村に寺二つ。なるほど安吉千本の名残か。どちらも山の中腹何十段の石段の上にあって、その石段でグーチー（チョキ）パー、勝ったのに応じてグリコ、チヨコレイト、パイナツプルそれぞれの字数だけ階段を昇る遊びをやったものだ。

　上の寺下の寺どちらの寺も門は山寺の山門風で鐘楼もありそこそこの伽藍を構えていた。いつぞや上の寺に除夜の鐘を撞くために兄とおまいりし、その時住職から蓮如さんが二十七人の子をなしたことを聞いた記憶がある。

　それぞれ二十戸ばかりの門徒では維持が大変だろうと思う。それでなくてもお寺に対する風当たりは近年特に強くなっている。「寺院崩壊」などという本も出ており、寺院に明るい未来はみえない。

　現在福岡のお寺に身を置いている私としても他人事ではない。門徒からも色々提言を頂くが特効薬はなさそうだ。私個人としては地道に日々の行を勤めていくのが基本で、さてその行なのだが自分の智慧と慈悲がどの程度の容量を持っているか、いや常に仏の真似事しかできない私であることを認識しつつ歩むしかないのだろう。それがお寺の維持につながればとは思うが……。

　伊勢湾台風で崩れた裏山の治山対策はすぐに始まったと思う。ただ骨壺が出てきたので何らかのご祈祷はあっただろう。真宗門徒に祈祷はそぐわないのだが何せこの竹岡家、仏壇は勿論立派なのが据えられていたが、床の間に天照皇大神宮の掛け軸、お稲荷さんの祠があって、正月はこの他に神棚と山の神臼の神竈の神井戸の神川の神にそれぞれ鏡餅御神酒灯明を上げて三が日おまいりしたものである。

さて治山工事はコンクリートを流し込んだ砂防堤を造るのだった。工事の時トロッコが使われた。その日の工事が終わったあととか休日子供らで動かすのもありだったと思う。当時はのんびりしていたのだ。おかげで後年芥川のトロッコをリアリティーをもって読むことができた。

しかし子供の私にもこんな話が伝わってきた。工事を請け負った業者に変死者が出たり怪我をしたりすることが相次いだと。お骨の祟りだというのである。でもコンクリートの砂防堤は完成した。

そして年明けて昭和三十五年。私は小学校三年、本校までの徒歩通学が始まった。県道町道など当時未舗装だったと思う。傍らを小川が流れるあぜ道もゆく。トトロの世界である。

これは後年知ったのだが通学路の近くちょっとした塚があって、十三世紀初め念仏(ねんぶつ)停止(ちょうじ)で処刑された四人のうち安楽、住蓮の首塚だったのである。安楽坊は六条河原で住蓮は馬淵で処刑されたという。因みに秀次の幼い子供を含む愛妾たち三十九人は三条河原で処刑された。この地の字名は千僧供(せんぞく)である。

八朔の相撲大会も終わった九月、父が血を吐いて死んだ。当時強い農薬が使われていて手に傷があるのに素手で扱ってそこから体内に入って中毒を起こし肝臓をやられ黄疸を発症し最期は血を吐いて死んだのである。九月二十日夕方、私は子供会の一員として夜回りをしていた。拍子木をたたきながら「火の用心マッチ一本火事のもと。見たーか消したか消し壺見たか」と歌って細長い倉橋部を歩くのである。その道中姉が駆けつけ父の危篤を知らせたのである。洗面器に血を吐き息も絶え絶えの父のすがたが心の襞にへばりついている。ただもう八歳にもなるのに俺だけ泣かなかったそうな。

父の生前の残像といえば肥えたご（桶）を振り分けにしてバランスを取って歩く姿。肩にこぶができていた。そしてこれは空想になるが二歳の私が父の膝に乗っかって父の手の杯からうまそうに酒を飲んでいる姿である。叔母が、そんな子供に酒やなんて毒やがな、というのに対して、旨そうに飲みよるがなと言ったという逸話を映像化したものである。私の飲酒歴はまさに筋金入りなのである。小学校六年の時二級酒一級酒特級酒の違いが分かっていた（辻井伸行さんが、二歳でお母さんの歌うドレミの歌に合わせておもちゃのピアノを弾いたというのとはえらい違いだが）。

しかしなんといっても強烈な父の残像は入れ歯である。当時川から水を汲んできて五右衛門風呂で湧かしていたのだがその風呂場に入れ歯が置かれていたのを覚えている。

共同作業の農薬散布で死んだのは父だけで、あのお骨の崇りではという話もあったように思われる。

享年四十九（聖徳太子、夏目漱石と同じ）。父の葬儀は勿論真宗大谷派の儀式にのっとって執行されただろう。私は八歳にして正信偈に接した。四十九日のあいだ毎朝夕あげていたか覚束ないが意味も分からずキミョウムリョウジュニョライを仏前で相当数称えていたことは間違いない（ホウケニドショウベンリュウ、のところ小便流を連想していた。今はもうそんなことはない。曲がりなりにも意味がわかったから）。

そして今思うと月命日だったと思うが、叔母さんの嫁ぎ先を拠点に法華経の布教活動をしていた生涯独身の玉照さんが叔母さんと一緒にうちを訪れて、真宗の仏壇の前で団扇太鼓でどんつくどんつくナムミョウホウレンゲキョウを唱え、半日ほどうちに滞在していたのではなかったろうか。冬に火鉢で焼いた餅を一緒に食べていた記憶がある。彼は一種の霊能者で尺八で蛇を操ることもできたようだ（実際には見たことはなかったが頒布の冊子に書いてあった）。姉の財布の中身を当てたこともあった。法華の行者となったのは法華信仰によって吃音を克服したからということだった（最近死亡した三遊亭圓歌は吃音を克服するため落語家になったという）。

父亡き後の母の苦労はいかばかりであったか。長女高三、次女中三、長男中一、三女小五そして私次男小三。保険の外交など慣れない仕事をしながら、数反の田んぼを村人や親戚の手を借りながら家族みんなで手作業で耕したのである。母の実家ももとは庄屋で、農業の経験は無く女学校を出て教師志望だったらしい。ただ母のお母さんが早くに亡くなったこともあり教師にならず家にいるところ縁談が持ち上がったのだろう。お見合いでの約束は、結婚後父は京都で就職し京都で一緒に暮らすということらしかったが、それは反故にされ、厳しい舅姑、気難しい小姑、子作りだけは達者な頼りない夫そして燕の雛のような子供達、合わせて多いときには十一人家族の面倒を見る主婦として奮闘したのである（北島家に嫁いだ池上三重子さんと重なる）。

今はもう箱で苗を育てるが以前はむろん稲作は苗代づくりから始まった。風呂場で発芽させた籾を撒いて、ある程度苗が生長するまで、引き裂けば破れるような油紙をかぶせ風で飛ばないようにひもで止める。水もぬるんで苗も生長する頃水路にはゼリー状の蛙の卵が浮かんだ。

うちには耕耘機はなくそれこそスコップと鍬の手作業で土を砕き水を入れやや重みのある板を引っ張って代掻きをしていたのではなかったろうか、やがて村内の親戚のうちに田を預けるまで。

苗採りの感触は今でも覚えている。苗の根をできるだけ切らないように、根方ではなく根を包むようにして土ごと手のひらで掬うように採る。そして持ち直して水路でぱしゃぱしゃしながら左手も使って土を落とすのである。ある程度の太さの束にして藁すべでくくって一丁あがり。蛙の卵はバケツに入れて持って帰りオタマジャクシになってから田んぼに返していたりしたが、苗代には蛭もいて気がついたら吸い付かれ血ぶくれていたりした。たしか小説『高野聖』で山蛭が落ちてくる場面があったと思うがあの潔癖性の泉鏡花がよくまあ蛭をと昔読んだとき思ったものだ。

いよいよ田植え。竹で編んだ苗入れ籠を振り分けにして田んぼの畦に運びぽーんぽーんと田んぼに投げ入れる。田んぼには植える目安に棕櫚縄が引っ張ってあり何列植えられるかで間隔が決まる。子供の手でせいぜい四列ぐらいでなかったろうか。数株ずつ親指人差し指中指で取って根を包むようにして泥田に植え込むのである。ある程度根付くまで根が浮いてはならない。私は右利きだから左から右へ一行植えたらぬかるみの中足を抜いて後ろに運んでいくのである。

そしてなんと言っても大事なのは水である。道を隔てた川からバケツリレーで田んぼに水を入れたようなこともあって、さらに大きな溜池から電動のポンプで揚水するための小屋があった。二十四時間ノンストップだから村中で交代で見張りをしなければならない。小屋の中に大きなポンプがあってうなりを上げている。三面のコンクリートの溝に水はどんどん流し込まれてゆく。地下水だから水は冷たいのだが金気が強くてとても飲めたものではなかった。小屋の中は畳が敷かれていて仮眠もとれた。兄や姉と泊まりがけの番をしたことも良き思い出である。この溜池普段はかなり広くて勿論深く段階的に土留めがしてあり揚水の時は底のほうまで見えた。とても恐かったが鯰がいるのが見えたりした。

そして苗がかなり伸びた頃草取りである。風車を模したような歯が先についた草取り機（こちらでガンズメと言ったのかなあ）をガラガラと稲の列のあいだを押してゆく。さらに田んぼにはいつくばって素手で草を取り集め稲の根方にぐいと押し込む。これは下手をすると稲の葉の先で眼をついたりするからと言うこともあったか、あまり自分でした記憶はなく汗びっしょりの母の背中にアカイエカがたくさんとまっていたのを覚えている。

そして稲刈り。勿論のこぎり鎌（歯はのこぎり状でカーブしており全体が少し湾曲している）でざくざく刈るのである。苗はすっかり分けつして稲となり子供の手ではせいぜい二株ぐらいだったと思う。なんとか両手で抱えて腰に巻いた醸造屋の頑丈な前掛けにあてて切り口を揃え横に出ている細長い葉っぱを左側と右側から集め交差させくるっと稲穂を下に一回転させぐいとねじ込んで止める。これで一丁あがり。本来この束をはさ掛けにしてから脱穀するところ、母子家庭にはその技術能力はなく田んぼに積み上げ雨が降らないあいだに足ふみ式脱穀機（それの発する音からガーコンと呼んでいた）で、脱穀しなければならなかった。ガーコンの両脇に稲束を積み上げひと束ずつ取って、円筒体上にUの字の金具が埋め込まれた回転体に稲穂をあてがいたき落とすのである。ガーコンの上には籾が飛び散らないように幌がかぶせてあり、ある程度溜まると箕に籾を入れ頭上に掲げ自然の風を利用して籾と葉っぱを分ける。籾はいちこ（藁素材の取ってのついた大きい鍋状の入れ物、玄米白米も入れたし古くなるとゴソも入れた）に入れリヤカーで家まで運んだ。テーラー耕耘機もうちにはなかったのである。因みにガーコンも使っているところはあまりなく、その頃送り込みといって稲束をコンベアー式に噛ませて送り込み脱穀する機械が登場していた、動力はディーゼル。

このころは取り入れはまだまだ遅くてそこへもってきてうちは母子家庭手作業、回りはほとんど取り入れは終わっている。時雨に降られたこともある。宿題の詩作で「お母ちゃんまだ遠くに黄色の田んぼが見える、あせらんでええよ」と書いた記憶がある。

家に持ち帰った籾は、莚（藁素材の茣蓙のようなもの、巻き取れる）の上に筵を広げその上に適量の籾をのせて広げて天日干しである。一日で乾くことはなくさらさらとした感じになるまで何日もかかった。籾を真ん中に寄せて筵を畳み、門の一部でもある小屋に夜のあいだは収納した。莚は外に積んでおいたからしっかり霜が降っていることもあった。

籾すりは村の共同作業場で人手を借りてやっていたと思う。精米も同じサンギョウジョ（作業場）でこれは個別にやっていた。後年のことであるが精米に関してはイヤーな思い出がある。兄と二人で精米を終えいちこに白米を入れ私が一輪車運転して門の坂を上がろうとしてバランスを崩しどどっと白米を川にぶちまけた。門の前は小さな川が流れていて埋め込まれた土管が橋の代わりで、少し坂になっていたのである。こっぴどく叱られた。

やがて田んぼは村内の親戚の家に預けることとなり重労働からは解放された。もう手作業で稲作りする時代ではなかった。それにしても稲作りほど大きく変化したのは他にはないのではないか。田植機の発明はライト兄弟の飛行機の発明に匹敵すると思うが誰の名も冠せられていない。ただ勝手なことを言わせてもらえば、ずらっと並んでの田植え風景は日本独自の風物詩だったなあ。御田植え名人もいたなあ。勿論重労働から解放されたことのメリットはかりしれないものがあるのだが。稲刈りも究極の筒型のコンバイン。一人で十町作る人もいる。それでもアメリカの空中種蒔きにはかなわないだろう。ＴＰＰで一体どんな協定結んだのか、のり弁報告書と欠席大臣で逃れようというのか。同じようにアッキード事件にもふたをしようというのか。大富豪貧民トランプの法螺にどこまでつきあうのか。

化学肥料農薬品種改良が飢饉を駆逐したかに見える現在、北朝鮮よりましと思える現在ではあるが、農薬事故でなくなった父のことがやはり脳裏にへばりついている。近代合理主義に対して批判的であろうとしながら中途半端なままの吾。障害の害の字碍にせよ、とか水俣病、有機水銀病とすべしなんぞ詠ってみてまるで負け犬の遠吠えのごとし。

兄との思い出で今ひとつトラウマになっているのが、これは後年私も二十歳を超えていたが、兄の結婚式でスナップ写真を頼まれ、兄のキャノンの一眼レフ、慣れなくてフィルムを強く巻きすぎて切れてしまい、おまけにふたを開けてしまって感光してパーになったのだった。四つ違いの兄は微妙な年の差、小さい頃あまり一緒に遊んだ記憶がなく、彼からすると年下、私からすると年上の村のものから呼び捨てにされていてそれを私は歯がゆい思いをしていた。キャッチボールはしたが彼はひどいノーコンなので私の方でやる気をなくしてしまうのだった。私はといえば三度の飯より野球が好きというか、農業倉庫のコンクリートの壁に軟球か準硬球を当てて一人でゲームを実況するほど。

昭和三十七年春の選抜高校野球県立八幡商高はストレートの福井、フォークの駒井の二枚看板、そして後年ロッテで活躍する八木沢の作新学院と延長十八回引き分けた試合そして再試合になった試合を私は有線放送のスピーカーに耳を当てて聞いていた。

昭和三十八年私は小学校六年生、三十八豪雪の年。近江八幡も結構降っただろう。あの頃の冬は温暖化などという言葉もなく良く降ったので特に三十八豪雪としての思い出はない。倉橋部にも平気で二十〜三十センチいや時に五十センチ降ったかもしれない。山崩れで治山のすんだ山にもやがて木や草が生えそこにふうわりと積もった雪は、朝いつもとは違う明るさをわくわくする心とともに私に届ける。雪だるま雪合戦は定番だが手作りのそり、そして器用な兄は竹を何本かに裂き先を曲げてスキー板も造った。漫画も模型飛行機作りもうまく足も速かった兄は田舎のエリートだった（その兄がどうして喜一と呼び捨てにされねばならなかったのか。喜一郎は竹岡家の由緒ある名。もっとも兄が成人してからは喜一っつあんと呼び習わされてもいたが）。ただ彼は勉強はあまり好きではなかった。漫画を授業中ノートに落書きしていたようである。おかげで三浪したが結局就職。今や世界的企業の村田製作所だったが病に斃れたのである。B型肝炎から肝臓癌だったがあるいは予防接種の針から感染したのかもしれない。一緒に酒を飲んでも意見が平行線と言うこともあったがその兄も五十五で往ってからすでに十三回忌も過ぎた。生きていれば六十九（今ここでテレビからフォーク歌手で滋賀県生まれの加川良の訃報、昭和二十三年生まれの六十九、教訓Ⅰの彼が兄と同級生だったとは）。

さて雪がうれしいのは子供だけ。母にとっては特に恨めしいものであったろう。雪はやがて融ける。すると雪止めのない瓦から雪は滑り落ちる。その時瓦がずれるのである。軒端に氷柱ならぬ瓦が微妙なバランスでぶら下がったこともある。瓦がずれると雨漏り。まさに古屋の漏り。瓦普請は母の悲願となりやがて成就する。成就してからしばらくして心を病み今思えば欝病になり自死した。今なら何らか治療法があったかも知れぬ。わたしが、一度入った大学を休学しいわば浪人してもう一度受け直す時と重なったので母に苦言を呈したことがあってあとあと後悔もした。五十六年余の生涯だった。

母の里は、現ＪＲ近江八幡駅から三つ京都寄りの守山駅からバスで琵琶湖の方に向かってさらに徒歩で野洲川に架かる橋を渡った、今浜というところだった。もう今はほとんど聞くこともなくなった鉄道唱歌の「今は浜」は今浜のことだと思っていた。近くのクリークには田舟が浮かんでいたし玄関に大きな太鼓が釣ってあり（すでに破れていたが）、屋敷内にくみ上げポンプがあった（倉橋部では玄関前にあった。西隣の家にはポンプがなくバケツを持って同世代の子供達が水をもらいに来て「よんでやー」というのに「はーい」と返事するのがなぜか嬉しかった）。母方の祖父は白髪で怖かった印象しかないがそれは私が小学校高学年まで、母の里で泊まったときも寝小便していたせいかもしれない。津田家は竹岡家と違ってざっくばらんの気風があったが、白髪に和服の祖父はたしかに文人風であった。

子供五人を連れての帰省は大変だったろうが、一番の楽しみではなかったろうか。娯楽としてはラジオくらいだったろうが母は美空ひばりが好きだった。が、都はるみのあのうなり節を心底嫌っていた。それは自分の真情をそこに見る思いがしたからではなかったか（一種の近親憎悪）。

おりにふれ嫌なことを思い出したのだろう、左右の拳を歯がみしながら上下に互いに打ち付けていたのを何度も見た。我々子供はそれがとてもいやだった。

一九六三（昭和三十八）年十一月二十三日ケネディー大統領暗殺の報が初めての通

信衛星で流れた。勿論その日は休日で、私は日当たりのいい縁側で新聞を広げているところに、居間からそのニュースが流れてきた。もらい物のテレビがもううちに来ていた。道徳で現代の英雄と習っていたが、ケネディー神話は私の中でやがて崩壊する。これはその序章だった。因みに長島神話も私の中で崩壊するのだがそれはまた別の機会に。

明けて三十九年。いよいよ中学入学の年である。ずーっと心の底に不安感としてあったのは中学校は自転車通学。それは先に書いたようにクリアーした。雪ちらちらの堤防、荷台を持って協力してくれた二歳上の姉、この度メールで確認したら記憶がないそうな。

東京オリンピックの年に卒業するというので、卒業文集は表紙に聖火をあしらった「希望」だった。今はもう手元にはないが卒業文集らしからぬ事を書いたのを覚えている。

「村のある家の前を通ったときに嫌みを言われたこと」をたしか書いていた。私の通学路にある家の一学年上の生徒の祖母が、母子家庭で神童とまではいかぬでもちょっとできの良い私への嫉妬心を私に向けたのだろう。それほどでもない自分の孫と比べて。でもその家は分限者（べんしゃ）で一月三十一日毎年やってくる獅子舞が村内でそこの家でだけ二匹の獅子が舞い剣のジャグリングも見せた。うちなんか一匹がシャラシャラと鳴る鈴と劔を持って笛と太鼓にあわせてちょこっと舞っておわりである。要するにギャラの問題なんやね。勿論我々貧乏人の子も喜んで二匹舞う獅子舞を見に行くのだが。因みにうちのギャラはお兄さんの頭陀袋に白米一升だった。

しかし卒業文集にそんな自虐的なことを書くとは、吾ながら先が思いやられる。が、土壇場で自転車通学をクリアーして昭和三十九年四月近江八幡市立南中学校入学。三つの小学校から生徒は集まりそのことにすでにカルチャーショックは内在していた。被差別部落の生徒とも一緒になったのである。

被差別部落のことはものごころついて次第に大人達に混じることで知るようになる。基本的には地域差別職業差別である。今も演奏活動している岡林信康は近江八幡駅近くの小さな教会の生まれ。同志社神学部に進むも中退、フォークの神様となる。被差別を歌った『チューリップのアップリケ』『手紙』は私のカラオケのレパートリーである。

中学校で級友にも勿論被差別出身の生徒がいて、いろんな意味で優れたものも一人や二人ではなかった。もっとも先生もびびるほどの剛の者で中学出たらすぐにでもその道に行くだろうものもいた。私と同じ小学校の出身者でその道に行ったものもいたと聞いたが、あるいはそこで人脈ができたのだろう。

差別意識というのは異質なものを排除しようとする一種の免疫反応だと思う。自己と非自己を識別し非自己から自己を守ろうとすることである。それをしも本能というのだろうか。だとすれば差別は本能に根ざしている。生きようという本能。被差別の中にも差別は存在し後年障害者運動に関わったときも障害者が障害者を差別するのを知った。

しかし本能は生きようとするだけではない。死もまた本能のものである。生死一如。親鸞は生死の苦海ほとりなし、あるいは、長く生死をすてはてて、と詠み、清沢満之は生のみが我等にあらず、死もまた我等なりと言った。

中学校においては学科別の先生、部活の選択これまたカルチャーショックである。このショックが癒えぬまま今日までそして明日からも……。

十三参りというのがあったが昭和二十七年一月六日生まれの私にとって昭和三十九年は十三参りの歳、十三参りは虚空蔵菩薩におまいりするということだが、実際におまいりした記憶はない。思うに菩薩への願掛けというより、母の胎内に宿ってからの十三年にこれからの人生が既に胚胎していることの証しではなかろうか。性的な成熟も既に準備されているし元服も間近である。

中学三年の正月、数え十五、東隣の中一の彼とそれぞれ一升瓶二本下げて青年団の初寄りに呼ばれた。元服である。

齢既に六十五。ハメマラルメの衰えは如何ともしがたく溜まりに賜った言の葉を三十一文字の器に盛りつけ、ご高覧に供し自分小史の末節としたい。笑止千万ご笑覧あれ。

投稿した短歌が掲載されるのは焚き火の炎を見る思いでしょうか。なおペンネーム釈幸琉部シャクコウルべはシャレコウベのアナグラム（文字の並べ替え）、コルべ神父と画家クールべを内包し、真木信心はシンギシンジン、ちょうど牧伸二が自死したときに思いついた名で、真木は私が居住する地名でもあるが、これまたちょうどその頃祇園祭の鉾のあの高い柱のことを真木と書いてシンギということを知ってシンギシンジンとしたものである。

釈幸琉部

☆倉橋部の実家の近くに水害で歿した旅芸人の碑があり子供の頃の遊び場だった

秋風に心せかるる思い出はテント芝居の熱と暗闇

☆武久文子先生を家庭訪問で通した部屋にも燕の巣はあった

そんなにも見事な飛行できるのに燕よ編隊組まないんだね

☆雪や霜にめげない麦にあらためて感服。麦秋を内包している。

北風にほんのり甘みを感ずるは麦のあお増す節分の頃

☆私の短歌に辛口の妻が珍しく褒めた一首。

馬の背のいくつ重なる大阿蘇のたてがみのごとススキ揺れたり

☆聴の旧字聽には一心がある。新字は一を省いた。徳もまた。

聴くことは許すことなり聴の字にゆるすの読みあり新たに知りぬ

折にふれこころの闇は浮き上がる人の不幸を糧にしたりと

☆珍しく選者の評が載った一首。

わが身体六十兆の細胞の全てに酒の痕跡ありき

☆短歌不掲載の時は休肝日と決めても続かない。百薬の兆としておく。

ガソリンやガスには匂い付けるのに放射線にはその方途なし

☆重油を食べるバクテリア、放射線に強いクマムシ、我等考える葦

だんまりを決め込む妻に手だて無し月の裏側見るがごとくに

☆深沢七郎の「月のアペニン山」は月の裏側にあると思っていた。

なおつぎの二首ひと組、二組四首は元の投稿歌と添削されて掲載された歌です。

死ぬときは死ねばよろしい迷わずに無一文にて渡らせたもふ

死ぬときは死ぬがよろしき迷わずに無一文にて渡らせたまへ

もごもごと車道横切る毛虫あり踏まず行き過ぎ一日一善

もごもごと車道を渡る毛虫あり渡りきるまで見守りており

まったく別の歌になっていることがおわかりいただけるだろうか。

真木信心

電線に黒き鴉がおびただし冬の池には蓮も枯れたり

☆枯れた蓮の下には蓮根が。鴉はいつから嫌われ者になったのか。

桜よりやっぱり子供は滑り台混じりて遊ぶ子らが花々

☆満開の桜の豊穣感、そして桜吹雪の余情まさに生死一如貫く命。

はね破れ白い腹見せ油蟬夏の盛りに生を終わりぬ

☆今どきの子は蝉の声がやかましいという。蝉時雨いつの間にやら本時雨

狂い咲く桜一輪前にして銀杏ようやく色付き始む

☆休眠打破があって桜は開花するそうな。条件そろえば花は咲く。

旅に出て数多の人に出会いけりみな人全て善人に見ゆ

☆夏休み子供らを連れて広島を訪う。厳島神社にも足を伸ばし帰り夜汽車。

菜の花と麦と桜につつまれて春野を進む稚児の行列

☆稚児行列に参加した子供達はいい思い出となるでしょう。

亡兄にますます顔が似通って鏡に映る顔をそむける

☆添削掲載は「亡き兄にますます顔が似通ひて鏡に映る顔を背ける」だった。

杉の葉の燃えたるあとの灰白し雪のごとくに骨のごとくに

☆かつて沖縄で登り窯を焚いたことがある。完全燃焼の白い光。

日野菜漬け食めばおもほゆ幼少の頃の秋の日今は無き日よ

☆日野菜はまさに近江の日野菜畑の後に籾の天日干、山門の瀬高には高菜。

亡き父に似た風貌が懐かしい三笠宮は薨去したまう

☆先に死んでいった人はすべて懐かしい。生死を超えた風景に生築（いきづ）く。

短歌をめぐるあれこれ

美智子皇后の歌に

「生きてるといいねママお元気ですか」文に項傾し幼な児眠る

というのがある。これは平成二十三年三月十一日の大津波で両親と妹をさらわれた当時四歳の少女が一生懸命手紙を書いて疲れて机にうつぶせになった写真をご覧になって詠まれたものである。なお文はふみ項傾しはうなかぶしと読みうなじを傾けている姿を表す古語である。この幼児の全存在を抱きしめておられる美智子様の姿そのものである。

平成二十八年の歌会始で披露された歌も印象的である。

夕茜に入りゆく一機若き日の吾がごとく行く旅人やある

もう還らぬ若き日の追憶にとどまらぬ深さを感じる。全ての過去を抱きとめて西の空に帰って行く。私はそう読ませていただこう。昭和三十四年四月十日ご成婚。小生小学二年に進級したばかり、満七歳。新聞に載った美智子妃殿下の写真にいたく興奮したことを覚えている。その顔写真を爪でかきむしったようないいやそんなことはないよねえ、満七歳。ただその後美智子様を取り立てて意識するようなことはなかったところを見ると、ご成婚の異様な雰囲気にあてられたのかも知れない。その当時家にはまだテレビはなく家族連れで親戚の家に観覧に行ったんだから。

美智子皇后という呼称も来年は皇太后ということになるんでしたかね、美智子様と呼ばせていただくだけでなんか心が洗われてふんわりするような気がする。時あたかも平成三十年三月両陛下は日本最西端与那国島を訪問された。小生学生時代旅行したことあり。

それにしても新年歌会始の読み上げの抑揚。古語を駆使して意味もとりやすい歌はいいとして、特に入選歌で現代短歌のような歌にはちょっとあわないんじゃなかろうか。

ここで明治天皇の御製を一首。

言の葉のみちにこころのすすむ日はひとりありてもたのしかりけり

ほりわり三十一号に「落ち葉から言の葉へ―自分小史―」と題した小文を寄せたも

のだが畏れ多くも何か通じるものを感じる。明治天皇は生涯九万首以上も詠んだというがあたしゃまだまだ。平成十四年から平成三十年の今まで二万首強というところ。一日一首をモットーにコロンボの手帳に書き付けていくと一日四首ばかり採れる。手帳にはほとんどカタカナで書き付けパソコンに移して清書とする。これがなかなかはかどらず平成三十年三月現在四ヶ月分たまっておる。平成二十九年十一月まで移して二万首強なのである。

浄土真宗にはこれといった行はなくめいめいが行を持てばいいのではと思うものだが、小生にとっては作歌が行ということになろう。それにしても明治天皇の九万首以上の短歌誰か全部目を通した人がいるのだろうか。よほどモチベーションがないと無理だと思うが、明治天皇全四巻（文庫本）を著したドナルドキーン氏ならばであろうか。小生新聞雑誌に投稿するとき書きためた駄作の山から少しはましなのを選ぶのだがこれがなかなかの苦行で一種の自家中毒にかかるようなものだ。分け入っても分け入っても駄作の山をすすむのである。このことを所属する短歌会で言ったところ、駄作の山なんて嘘だろうと言われたのだが実は短歌会での互選ではいつも零票か一票複数の人に選ばれることは滅多にない。新聞雑誌にたまに載ることを知って嫉妬なんだろうと思う。どうだろう短歌作る人は多くの人がそう思っているんじゃなかろうか、俺だけか。

歌会のあり方はそれぞれであっていいのだと思う。選歌の前は作者をあかさないのは常識として選歌が終われば作者をあかしてそれぞれ感想を述べ合えばいいのではと思う。まあ誰か宗匠的な人がその場をリードするのはいいとして、いきなり添削で本歌とは似ても似つかぬものにしたりするのはいかがなものかと思う。わたしもＳ短歌会に入ってしばらくは月一回の歌会にも参加していたのだが批評的言辞というより悪口が飛び交うようでとても鑑賞といえるようなものでなかったので、その後月二首出すだけということにしてもらって今日に至っている。ただ年一回の文化祭参加の短歌会に出席させてもらっている。懇親会の酒席目当てと言われても仕方がない。

今、歌人永田和宏氏が西日本新聞に「象徴のうた」と題して週一回のペースで連載をしている。天皇皇后の歌を引いて、象徴天皇制の来し方そして皇太子に受け継がれてゆく行く末を歌会始選者の視点を持ってさぐろうというのでもあろうか。言うまでもなく永田氏は世界的な（ノーベル賞級と言うべきか）細胞生物学者であり、かつて西日本新聞短歌欄選者を務め平成二十二年に六十四歳で亡くなった河野裕子氏の夫君である。現在はあの加計学園問題で取りざたされた京産大の教授であり、朝日歌壇の選者である。

かつて文藝春秋誌上に「がんを詠う」と題して河野裕子さんと娘の紅さんとの往復書簡が掲載された。平成二十二年一月号、裕子さんはその年の八月亡くなった。なお紅さんそしてその兄の淳さんも歌人である。因みに淳さんは真宗大谷派の月刊誌『同朋』短歌欄の選者である。

さて裕子さんが紅さんに宛てた書簡の一節。平成十二年九月風呂上がり左脇の下に卵ほどの塊がいくつもあるのに気づき、京大病院で見てもらったところ悪性腫瘍との診断を受け家に帰ろうとしているところである。

「人間って不思議なものですね。抜き差しならぬ現実を前にしながら、私は上の空でした。それだけ、ショックが激しかったのだろうと思います。家に帰ろうと思って、病院横の道を歩いていると、むこうから永田和宏がやって来ました。彼とは四十年余り付き合ってきましたが、あんな顔をして私を見つめたのは初めてのことでした。立ち止まって何も言わず、ただ私の顔を見つめていた。いたましい者を見る眼でした。薄いベージュの縞柄のカッターシャツを着ていました。その後あまりにうとましいので、そのカッターシャツは処分してしまったのですが」

京大構内で出会ったとき永田氏は同僚の教授から裕子さんの病のことをすでに聞い

ていたのだろう。永田氏は三歳の時に母親を亡くしている。これは私の推測に過ぎないが永田氏は裕子さんに亡き母親を求めていたのではなかろうか。またしても「母親」を亡くすのか。あなたは死んではいけない人なのだ、私に無断で。だからこそのいたましい者を見る眼、つまりさげすんだような眼で裕子さんを見たのではなかろうか。今またあなたは母のように私を置いてけぼりにしていくのか……。そのことは逆に裕子さんの歌に現れていると思う。

しっかりと飯を食わせて陽にあてし布団にくるみて寝かす仕合わせ

これは手術後八年後再発したとき抗がん剤の副作用で苦しんでいるときに詠まれたものである。これが収められた歌集の名は『母系』。

書簡はさらに診断を受けての帰り道、車を運転しながらの描写へと続く。まさに末期の眼である。

「鴨川沿いに、岩倉の家に向かって車を運転しながら、涙が止まりませんでした。世の中が一瞬にして変わってしまい、何をどう考えたらいいのか分からないでいる心の替わりに、涙が出てくれたのかも知れません。九月の、すっきりと晴れた日で空気は澄明で、遠くの北山が藍色に透きとおるように見えました。川端通りの並木の緑、その下草のイネ科の風草やねこじゃらしのそよぎ。鴨川の水のきらめき。屈託なげに出町柳を歩いたり、自転車で走り回っている学生たち。この世がこんなに美しかったとは。こんなに活気に満ちている所だったとは。ああ、明る過ぎてまぶしい。あの時のわたしは、死の側からこの世を眺めていたのだろうと思います」

正岡子規に「家に病人が出るということは、一国に戦争が起こることと同じだ」ということばがあるそうだが、再発してからの家庭は戦争状態だったとも河野裕子さんは娘紅さんへの手紙で書いている。永田氏は詠う。

歌は遺り歌にわたしは泣くだろういつか来る日のいつかを怖る

科学者永田氏も夜近所の真っ暗な神社に願掛けのお参りをしていた事を紅さんがあかしている。

河野裕子永田和宏歌人夫婦の歌全てが相聞歌であろう。河野さんの、

たっぷりと真水を抱きてしずもれる昏き器を近江と言へり

この歌色々と鑑賞されてきたことと思うが、河野さんの永田氏への悲しみを秘めた深い愛情表現だと思う。私自身滋賀県の生まれであり、永田氏も滋賀県生まれ。三歳で母を亡くした永田氏、八歳で父を亡くした私。幼年期のトラウマは一生を支配する。昏き器は永田氏のことであり同時に真水である。抱くものと抱かれる者が一心同体なのである。勿論近江は淡海だが近江は歴史を背負っている。

いきなり私事で恐縮だが結婚して二年妻の病を体験した。第二子妊娠中貧血がひどく白血病と診断されたのである。もう七ヶ月になっていたのでほぼ迷わず帝王切開を望み執刀して一週間してすぐ抗がん剤投与が始まった。その次男もおかげで成人した。しかしその当時夏目雅子が同病で亡くなったりそもそもが白血病といえば悲劇的ドラマのまだ定番でもあっただろう。何度かズコーンと落ち込み、見舞って帰りの車で大声で念仏を唱えたりもした。癌化した白血球を抗がん剤で叩きある程度したら投与をやめて白血球が増えてくるのを待つ。そしてまた叩く。いつまでやるのか、寛解するまでと言ったと思う主治医は。しかし寛解は治癒ではないという。しかし何回かそれを繰り返し、まだやるのですかと言うとまだやりますと医師は言う。でも一番身近にいる夫の私から見ると元気そうだし食欲もある。今度はちょっと投与をやめて様子を見てみたらどうでしょう、と言うのだが聞かないからじゃあ病院を変わりますと言ったら、ようやく言うことを聞いて今日の妻がある。確かにその医師は若くて熱血ではあったが、別の医師はがんで亡くなるか抗がん剤で亡くなるか半々であるとも言った。

医師の言うことが全て正しいわけではないという当たり前のことをこの時学んだ。勿論我々患者は絶対的弱者である。弱者は強い者に身をゆだねがちである。身をゆだねるべきは御仏でありこの世にあっては強弱美醜善悪などに惑わされぬように深い信心を抱くべきである。たっぷりと真水を抱くように。

日本の医学部ではたいてい一分一秒でも生命（物質的）を伸ばすことが医療の目的であり死は敗北であると教えているのであろう。私としても死が怖くないわけではないし死を諦めているわけでもない。あきらめるは明らかに見ると言うことで死の真実を知ることである。その意味で諦めたとは言えないが、死の近傍をうろうろしてはいるようだ。仏教は四苦、生苦・老苦・病苦・死苦、さらに愛別離苦（あいべつりく）、怨憎会苦（おんぞうえく）、求不得苦（ぐふとっく）、五蘊盛苦（ごうんじょうく）で合計八苦、四苦八苦を数え一切皆苦とも言う。後半の四苦は前半の生苦（しょうく）の内容を説明したものと思う。愛別離苦怨憎会苦はちょうど対になっていて、別れることは必ずしも悲しいことじゃないよと言ってるようだ。最後の二苦も対になっているものとして読むと分かりやすいと思う。求めて得られぬ苦しみというのは分かりやすい。五縕盛苦が分かりにくい。あるとき法事の席で少林寺拳法をやっている人に、これが分からない教えて欲しいと言われた。少林寺では昇段試験にペーパー試験があるということだったと思う。ざっくりというと五縕とは心身の働きということでそれが盛んなのになぜ苦しいのかと。まさにその通りではあるがここで前の求不得苦と対比してみていただきたい。求不得苦に対し五縕盛苦。言うなれば過ぎたるは及ばざるがごとし。あるいは豊作貧乏。物や思いのあふれ右往左往している現代を見事に言い当てているのではなかろうか。というようなことを言ったら納得してくれていたように思う。端的に表れているのは原発でありけったいなリーダーたちの世界的な跋扈である。

一切皆苦はインド仏教オリジナルだろうが、四苦八苦の内後半の四苦は多分中国の創作だろう。漢詩を見ても分かるようにたいてい対になっている。対にすれば意味がとれる。五縕の意味は辞典を繰れば出ている。五縕とは色受想行識（しきじゅそうぎょうしき）であると言っても分かりますか。学者さんならなんとかねじ伏せようとするかも知れないが、多分ドツボに嵌まるだけである。森加計問題で誰かさんが嵌まっているように。

物事はできるだけシンプルに考えた方がいい。フィールズ賞受賞数学者広中平祐がプレゼンしていていきづまったとき、あの岡潔のもっと単純化すればいいというアドバイスを聞いて問題が解けたと言うことだ。数学においてもそうなんだから、ましてこの世の諸々のことにおいてをや。

生老病死については正三角錐をイメージして欲しい。四つの正三角形で囲まれた立体。頂点が四つある。それぞれに生老病死をあててみる。それぞれが等距離で隣り合っている。どれを出発点にとってもいいや全ての順列に意味があるだろう。例えば生きることは死ぬことであり病むことであり老いることである。あるいは死ぬことは生きることであり老いることであり病むことである。ここで今ひとつの四字熟語が浮かび上がる。「生死一如」である。そして三角錐のなかは苦がつまっている（苦は苦いとも読む）……。

過日こんなことがあった。住職さんたちの集まりで靖国問題についての研修会があった。まだ三十代と見える講師が二人。そのひとりの名前は名字に思い当たる人がいる。Hさん。はたして講師の彼はそのお孫さんである。三十年ほど前大川のさるお寺で役僧（法務員）をしていたころ、Hさんが説教に見えられていた。お説教が終わったあと久留米のお寺までお送りしたことがある。お説教の内容についてなど道々お話ししていったことだがなかなかいいお話を伺ったように思う。ただ今も覚えているのは教義的なことではなく、どこかの役僧が月参りにいって今日はもう十分「あがり」があったからあとはパスしようなどといっていたことがある、などという話。初対面の役僧に戒めの意味で話されたものと思う。

さてそのHさんの息子さん、つまり研修会の講師のお父さんとは当時仏教青年会で一緒に活動をしていた。たまにではあるがグループでの飲み会もあった。多分その席でだろう、茂吉には戦争賛美の歌もあることを彼に言ったのだろうと思う。Hさんが歌詠みで茂吉の崇拝者であることはうすうす知っていた。そしてある一夜寄宿しているその大川のお寺に電話がかかってきた。Hさんからであった。その時ご自分から名乗られたかどうか記憶は無いのだが、電話の向こうのHさんが酔っ払っていることは分かった。内容がつまりようも茂吉を批判してくれたなあ、といった感じ。批判もなにも事実をいったまでで、ただしつこくねちねちと迫ってきて、「すっきりしようじゃないか」みたいなことを言われて「すっきりしないのが真宗じゃないでしょうか」と言ったことは覚えてる。その頃東京の専修学院に行くことになっていたのでその旨告げると「逃げるのか」と言われた。通話時間は優に三十分は超えていたと思う。面と向かって意見を戦わすならまだしも酔った上でぺーぺーの役僧に恫喝かますなど、名士歌人僧侶の振るまいとも思えない。靖国問題についても意見を持っておられたと思うが、まるで靖国体質そのものではないか。相手が気に入らんとなったらたたきつぶす。尊敬すべき僧侶のひとりだと思っていたのでショックは大きく人間不信はさらに深まった。茂吉については当時教科書で習った程度の知識しかなく、ただ戦争賛美の短歌を作っていたということを知っていて飲み会の席で息子さんに言っただけなのに……。

嫌なことは忘れるようにしているのだけど三十年経つのにあの夜の電話のことはよく覚えていたものだ。どうかすると最近人の名前が出てこなかったり物忘れがひどいのに。短歌には思い入れはあったけどこれを機にさらに遠のき実作を始めるのは十数年後になる。因みに真宗大谷派の月刊誌『同朋』の歌壇にここ数年投稿しているがHさんご健在のころその選歌をされていたそうだがそんなことは知るよしもがな。

今回この機会に茂吉のことを調べてみた。茂吉関連の書籍はおびただしいものになると思うのでごく限られたものを参考にした。ウィキペディア、「斎藤茂吉『寒雲』の戦争歌」（大川智子）、「短歌を詠む科学者たち」（松村由利子）以上である。

茂吉の出自を見ているとほんの少しだけど私と重なる所がある。いや全く違うか。茂吉は斉藤家に輝子さんの許嫁として十五歳の時養子で入ったが、私はと言えば小学校の時父の死もあって子供がいない東京の叔母（父の妹、菊池姓）の家に養子の話があったが母の反対で立ち消えになったと聞いた。斉藤家は医院だが叔母の夫君は確か医療器を扱っていたように思う。しかし住所は東京新宿信濃町。創価学会との関係はよく分からないが叔母は法華経の宗教がらみで縁付いたはずである。ただ莫大な遺産を相続し晩年法定後見人を依頼することとなり、色々と面倒を引き起こしもした。叔母の姪っ子に当たる私の姉たちを翻弄し、その遺産の総額（数億円）からするとささやかな遺産を受け取ったものである。ただ私は様々のこと思い受け取らなかった。その他の法定相続人も奇妙な計算式で算出した遺産を受け取ったものと思われる。

あの時養子に行ってれば新宿高校からT大もあったかなあなんて妄想したりもした。そして小生四十二歳の時真宗大谷派雲照寺に婿養子として入って今日に至っている。さてその雲照寺の由緒書にこうある。「創立永禄五年（西暦一五六二年）中開基僧鎮栄（肥後国士族菊池武次）万治年中（一六五八年）本願寺一如法主に帰依し云々」名字は宮地（みやち）だがこれは元々雲照寺は真木の宮の地にあって今の地に移住して「宮地」を名乗ったということである。どうやら先祖は菊池家らしい。つまり結局のところ私は菊池家に養子で入ったのである。

さて茂吉である。東京帝大医学部を卒業し精神科医として活躍。大正三年に十三歳年下の輝子と結婚。斉藤家の婿養子となる。ヨーロッパ留学を経て養父の後を継ぎ青山脳病院院長となる。

短歌は旧制中学時代に始め、子規に傾倒。やがてアララギに短歌を発表するようになる。大正二年、生母の死後著した処女歌集『赤光』で注目される。赤光は阿弥陀経の極楽浄土の描写の一節、青色青光黄色黄光赤色赤光白色白光、の赤光、厳密な光の三原色ではないが全ての光混じり合えば白光となる。白光は白光に連なる。赤光は生の側の色である。茂吉の代表歌、

のど赤き玄鳥ふたつ屋梁にゐて足乳根の母は死にたまふなり

そして生前自分でつけていた戒名は（真宗では法名だが）「赤光院仁誉遊阿暁寂清居士」である。

茂吉の次男の北杜夫の随筆に『とにかく父は、「うぬれ、この毛唐め！」と心の中で歯ぎしりしたのである。わたし（北杜夫）は幾度となくそれを聞かされた』とある。どうやら留学時代にクレペリンという高名な老碩学から受けた屈辱を息子の前で気が緩んで思わず晴らすようなことになったのだろう。小生の母が姑つまり私の祖母の仕打ちを思い出してだろう、両手の拳を握り互いに打ち付けていたのを思い出す。また

こういう短歌もある。

あはれあはれ電のごとくにひらめきてわが子等すらをにくむことあり

死にゆく母に添い寝したほどの茂吉なのにどうも感情の起伏は激しかったようだ。自分の患者のことをあけすけに狂人とか、自殺せし狂者とも詠んでいる。

さてさて茂吉の戦争歌である。日中戦争から第二次大戦までにそれを見ることができる。ただ当時五十代であった茂吉に戦争経験は無く、写生的な歌、例えば、

おびただしき軍馬上陸のさまを見て私（わたくし）の熱き涙せきあへず

これはニュース映画を見て詠まれたものである。作歌をする姿勢を茂吉は実相観入という言葉で表現しているが、「わがはからわざるを自然と申すなり」自然法爾だというのである。これは親鸞の自然法爾章に見ることができる。曰く「自然というは、しからしむということば、行者のはからいにあらず」とある。しかし一見写生風のこの歌は一体自然法爾だろうか。つぎの歌、

皇国の大臣東条の強魂をちはやぶる神も嘉とおぼさむ

開戦の時に詠んだ歌だそうだが、まさに靖国体質と言わずしてなんという。戦後昭和二十六年ぬけぬけと文化勲章を受けた。開戦で万歳を叫んだ太宰は昭和二十三年自裁した。

あの塚本邦雄に『茂吉秀歌』というのがある。あの現代短歌の旗手たる彼との取り合わせが面白いと思うがまだ手に取っていない。読みたいとも思わないが。ただ高校の先輩で数学者橋本喜一朗氏の著作『探検！ 数の密林・数論の迷宮』で各章の始めに塚本邦雄の短歌を置いているのである。例えば、

第8章　迷宮（?）パスカルの三角形

陥穽を豫知する指のなめらかなうごきに眩暈するチェスの騎士

橋本さんの著作まだ読んではいないが現代数学は読むのに骨が折れる、というかす

郵 便 は が き

料金受取人払郵便

新宿局承認

2523

差出有効期間
2025年3月
31日まで
(切手不要)

1 6 0-8 7 9 1

141

東京都新宿区新宿1－10－1

(株)文芸社

愛読者カード係 行

ふりがな お名前		明治　大正 昭和　平成　年生　歳
ふりがな ご住所	□□□-□□□□	性別 男・女
お電話 番　号	(書籍ご注文の際に必要です)	ご職業
E-mail		

ご購読雑誌(複数可)	ご購読新聞 新聞

最近読んでおもしろかった本や今後、とりあげてほしいテーマをお教えください。

ご自分の研究成果や経験、お考え等を出版してみたいというお気持ちはありますか。

ある　　ない　　内容・テーマ(　　　　　　　　　　)

現在完成した作品をお持ちですか。

ある　　ない　　ジャンル・原稿量(　　　　　　　　　　)

<table>
<tr><td>書　名</td><td colspan="4"></td></tr>
<tr><td rowspan="2">お買上
書　店</td><td rowspan="2">都道
府県</td><td rowspan="2">市区
郡</td><td>書店名</td><td>書店</td></tr>
<tr><td>ご購入日</td><td>年　月　日</td></tr>
</table>

本書をどこでお知りになりましたか?
1.書店店頭　2.知人にすすめられて　3.インターネット(サイト名　)
4.DMハガキ　5.広告、記事を見て(新聞、雑誌名　)

上の質問に関連して、ご購入の決め手となったのは?
1.タイトル　2.著者　3.内容　4.カバーデザイン　5.帯
その他ご自由にお書きください。
(　)

本書についてのご意見、ご感想をお聞かせください。
①内容について

②カバー、タイトル、帯について

弊社Webサイトからもご意見、ご感想をお寄せいただけます。

ご協力ありがとうございました。
※お寄せいただいたご意見、ご感想は新聞広告等で匿名にて使わせていただくことがあります。
※お客様の個人情報は、小社からの連絡のみに使用します。社外に提供することは一切ありません。

■書籍のご注文は、お近くの書店または、ブックサービス(0120-29-9625)、セブンネットショッピング(http://7net.omni7.jp/)にお申し込み下さい。

らすらとは読めない。ただそこには厳然たる論理がある（全ての定理に証明があるがいちいち証明するのは大変）。難解な詩や短歌の自己満足とは違う。だから悔しい。高校時代「大学への数学」という雑誌で橋本先輩の姿をあおいでいた。学力コンテストという投稿欄の成績優秀常連だったのである。中学校は違うが同じ近江八幡出身。塚本邦雄も滋賀県出身だった。余談だが橋本さんと同級でフィールズ賞受賞者、国際数学連合総裁の森重文氏も学コンの常連で、これがまた難問揃いなのだが、いつも全問正解だった。東大入試中止で京大に進んでもその超秀才ぶりを発揮したそうだ。もっとも森さんは勿論橋本さんとも小生面識はない。ただただ数学の才能の無さを思い知ったばかり。いずれ数学へのあくがれをモチベーションに一文を草したいとは思っているのだが……。

今歌集が一体どれほど出ているか知らないが私が購入した歌集二冊ばかり紹介してみよう。一つは、宮地伸一著『葛飾』今ひとつは歌集ではないが、岩岡千景著『セーラー服の歌人　鳥居』である。

宮地伸一さんはみやちしんいちで、みやじと呼ばれることが多い私としてもみやちはなじむしその名伸一さんという同名の方がいて、いやかつておられて親近感を覚えていたというただそれだけの理由で購入したものである（いや心の底を訪ねたら私が八歳の時四十九で死んだ父にその伸一さんが似てもいたのだ。さらに宮地伸一さんも父の面影がある）。

二つめのはセーラー服にスケベ心が動いたのではない。西日本新聞の書評欄で見てアマゾンで購入したものである。売値＋送料が定価を下回っていたはずだ。それにしてもアマゾンは早い。そんなに急がなくてもいいよと思ってしまう。もっともアマゾンを利用するのは古書購入に限っているが。

さて宮地さん、茂吉とも縁の深いアララギの歌人でまさに写生、実相観入にふさわしい詠みっぷりではなかろうか。たとえば、

色異なる靴下穿けるままなるを電車に乗りて気づくもわびし

男やもめのさびしさ切なさを情景描写とわびしの一言で表現している。また、

この寺の即身仏はまことかも遊女にホーデンを切りて与えし（をはいらないとおもうが）

潔癖か小心かつひに満州にても慰安所といふに近づかざりき

亡くなった奥さんへの貞節は深いものがあるが同時に男の性欲いや形を変えた女の性欲のこの世での根深さをはからずも表現しているのではなかろうか。そしてこんな歌もある。

雑巾をしぼりつつ思ふ息子のことかくも思へる父親あれや

そして茂吉に関してのこんな歌もある。
新聞にあす載せる歌を披露して高く笑ひし斎藤茂吉（茂吉を神格化することなく本質を見抜いていたようだ）。

そして宮地さん真宗を深く胸に蓄えておられたようだ。
三度目の妻を綿々と悼み記す文明十年九月の御文（本願寺八代蓮如上人のこと、蓮如は次々と妻を亡くし合わせて二十七人の子をもうけたという。最後の子は八十四歳、亡くなる一年前の子）。

親鸞と同じ九十歳で亡くなるまでこんな歌も詠んでいる。

天台座主といふ語忘れて言ひよどみ慈円、愚管抄の名も出でて来ず
頭鋭き人ほどぼけも早しと言ふ聞けばいくらか心安まる

つぎに『セーラー服の歌人　鳥居』。まずペンネーム鳥居には意味がある。先祖が出雲であること（出雲大社）、生まれが三重県であること（伊勢神宮）、そして本来鳥居は現界と異界を分けるもの、人間界と神域の入り口であり同時に出口である。またトレードマークのセーラー服は義務教育の象徴、これを着ることで義務教育を受ける道を断たれてしまった子供たちの思いを体現しているというのだが、彼女自身が義務教育を受けられなかったことで被ったトラウマをセーラー服にかぶせているのだろう。「形式卒業者にも、義務教育を学び直せる社会を」というスローガンはなんだかとってつけたような気がする。「少女時代に父親から性的虐待を受けた母。幼き日に目の前で見たその母の自殺、その後、預けられた養護施設での虐待、若くしてのホームレス生活―」と、著者は記す。さらに、その養護施設（病院）から通っていた中学時代唯一心を許せる友が目の前で電車に轢かれて死んだ。普段から死にたいといっていた

鳥居に付き合って踏切に来て「あ、急行だ」と友は遮断機をくぐった時、鳥居は「え、ちょっと待って！（感嘆符はそのまま）」と声を出したときその子は（じゃないだろ、友はではないのか）以下引用『「え、なんで？」と、返事しました。次の瞬間、急行列車は目の前を通り過ぎて踏切は開き、鳥居は線路に近づいて友達が座っていたはずの場所を見つめました。そこにはハンカチぐらいの大きさの紺色の制服の切れ端が散乱していて、彼女は一瞬のうちに消えてしまっていました。線路の先には、異変を察知したのか、電車が何もないところで止まっていました。鳥居は何が起きたのか理解できず、「どこにいるの？」「さっさと出てきてよ」「一人で帰っちゃうからね」といいながらしばらく辺りをウロウロしていました。通りがかった女性に「ちょっとすみません」と声をかけ、「普通、電車に轢かれたら血とか飛び散りますよね？」と尋ねてみましたが、女性は驚いて小走りに過ぎ去ってしまいました。鳥居はどうしていいか分からないまま、病院に帰って、「○○ちゃんが踏切のところで、よくわからないんだけどたぶん、死んじゃった」と看護師さんに告げました。看護師さんは初めは信じようとしませんでしたが、「本当なんです」「現場を見に行って下さい」という鳥居の説得を聞くうちに、事態の重大さに気づき、結局、友達の自殺が確認されました。そしてその日のうちに病院じゅうに知れわたって、大騒ぎになりました。中学二年のクリスマスイブのことでした。

君が轢かれた線路にも降る牡丹雪「今夜は積もる」と誰かが話す』

少し長い引用になったが、鳥居から聞いて著者が多少アレンジしたものと思われる。友の「え、なんで?」は鳥居の人間性をあぶり出しているのではなかろうか。鳥居の「え、ちょっと待って!」に対して友の「え、なんで?」は「なんで一緒に来ないの」だったはずだ。その彼女の心を忖度する言及はどこにもない。「鳥居」の名が泣くではないか。

売れない女優だった鳥居の母の自死は大量の睡眠薬の服用によってもたらされたものであり、即死ではなく昏睡している母と一緒に過ごし数日後死亡したという。その時鳥居小学校五年生だった。今も「複雑性PTSD」(心的外傷後ストレス障害)という精神障碍で苦しんでいるというがあるいはこの時に胚胎したのではあるまいか。中学校の時の目の前の友の死に対してあんなに客観的なのはそのせいであろう。私も母を縊死で亡くしているが、鳥居と同じように母の自死の前「俺が死んだら悲しいか」と聞き「当たり前やがな」という対話をした記憶がある。鳥居の場合は子供のころ赤信号で行こうとしたら母に止められて「なんで？」と言ったら母は「あなたが自動車にはねられて死んだら後悔するから」と言ったそうだ。私は下ろされて横になっている母に添い寝して一晩過ごした。二十一歳立秋だった。

孤独な人、生きづらさを感じている人にこそ、短歌をすすめたい、と言う鳥居だが歌会を自分で開いたりあの短歌結社「塔」にも参加していたことがあるという。会費等経済的にいきづまったと言うのだが、定時制高校時代アルバイトに忙殺される厳しい生活の中でも、体育とＡＩ（情報技術）の教科以外は、学年トップの成績を取ったり、精神障碍で就業にはドクターストップがかかっていたのではなかったか……どうも解せないところが他にも散見される。特にホームレス時代うら若き乙女（インターネットに写真が出ていて美形魅力的である）がウロウロしていたら目立ってしょうがない。公園やデパートのトイレで頭を洗い、タオルでふいて、エアータオルをドライヤー代わりにして髪を乾かしていました。映像的には面白いかも知れないがリアリティーはない。鳥居の短歌でリアリティーがあるのは

私ではない女の子がふいに来て同じ体の中に居座る

ぐらいではなかろうか。

介護短歌というのもある。たしかにやりきれない思いを三十一文字に載せて自分を客観視することでカタルシスが得られるだろう。

ＮＨＫ介護短歌（毒蝮三太夫司会）より

戦地から生きて帰った僥倖を妻の介護につかいはたさん

客観で佛の眼の真似事ができるだろう。

宮地伸一氏の略歴に歌集『夏の落葉』を見いだした。まさに落葉から言の葉へである。ほりわり三十二号にも小生の言の葉を披露させてもらおう。ペンネーム釈幸琉部は三十一号にも書いたがシャクコールベはシャレコウベ一種のアナグラム。中原中也の「骨」に由来する（ほらほらこれが僕の骨だ）。コルベ神父と画家クールベを合体してシャクコールベ。

日本はつくづくすごいなあと思う。何がと言うと数多のアマチュア詩人が日々新聞や雑誌に短歌や俳句を投稿している。世界で希有のことではなかろうか。もっともプロの詩人というのは知らない。谷川俊太郎は注文を受けて詩を書くなどと言っていたように思うが、時代小説家やエロ作家とは違うだろう。

さて小生作歌に当たってもう一つペンネームがある。これも三十一号で書いていたが、自死した牧伸二に由来する、真木信心。しかしマキシンジンとは読まない。シンギシンジンと読む。大谷派の月刊誌に投稿するときに使っている。釈の字が使いにくかったのである。

法名は普通釈◯◯。因みに小生は釈不尺。茂吉と同じく自分で命名した。お浄土では較べる必要が無いからである。

自分の歌ジャンル分けすると「写生歌」と「狂歌」だろうか。妻は多くの私の短歌を標語みたいと言うが狂歌である。たまに褒めるのはいわゆる「花鳥諷詠」である。仕事柄「道歌」（道徳的な教えを分かりやすく詠み込んだ短歌）も結構詠むが投稿することは滅多になく（不掲載が大いに予想される）、この場をかりて何首か披露させてもらいます。

なお今回披露する歌は新聞雑誌に投稿した中から選んだ。ほりわり三十一号の時は全て掲載歌だったが今回はそうではない。掲載された歌もあるがつまりは選者の目をとおっているのである。勿論掲載されるのは励みにもなるし、読売歌壇では千円の図書券がもらえる。ある選者は結構同じ人の作を取り上げるんだがもっとシェアリングして欲しい。『サラダ記念日』で大もうけして金銭感覚がおかしくなってるのかなあ。全四人の選者の内彼女だけが不掲載。

また瀬高短歌会には月に二首投稿しているがそれは本名で出しているのでここでもそういたします。ジャンル分けはいちいちしません。読んで下さった方の感性にお任せしたいと思います。

宮地幸二郎

案ずるなお前のことは書かないよ「鉄仮面」にて太宰は言いき

☆極重悪人太宰。極重悪人唯称仏。念仏を嫌った太宰。

初蝉は梅雨の晴れ間に鳴きだして梅雨のさなかに死んでゆくのか

☆塚本邦雄に初蝶の一首があるが初燕ならまだしも初蝶は特定しがたい。

二つ折り布団を干してそのあわいトンネルとなしくぐりし昔

☆河野裕子さんに「しっかりと飯を食わせて陽にあてしふとんにくるみて寝かす仕合わせ」がある。

☆田舎でしか見られぬ風景

道端の無人蜜柑販売の金入れ竹筒雨に下がりて

☆性なるものをイメージしたいのだが。

満々の桜の蕾ふくらみて春の器にあふれんばかり

釈幸琉部

☆来たらやっぱり返事書いてる。今度こそ書くまい……。

顔と名の一致せぬ人もう幾年賀状送り続けるやらん

☆二人ともうすでに成人した。

入賞の吾子の作品以外はも背景として美術展あり

おでんにはやっぱり芥子がいるだろう父さんは行く閉店間際に
☆家族愛やねえ。

オリオンの三つ星かたどる黒子ありわが腹上に宇宙が宿る
☆やがて浄土に還る。

ほんのちょい知らざる路地を入るだけ異次元空間広がりてあり
☆手軽な冒険。山頂や極地めざす要無し。

真木信心

腰に雉猟銃猟犬従えて猟師ゆく秋少年の日に
☆畏怖の原風景。雉の赤と青。ポインターの白と黒。猟師の黄色い服。

平成十二年十月十一日難聴突発禁煙開始記念日なりき
☆ＮＨＫのテレビ小説『半分、青い』の主人公と同じ、左耳が今も難聴。

雲の上真夏の太陽照りつけて雲の下には白き雨足

☆正信偈に「日光の雲霧に覆わるれども、雲霧の下、明らかにして闇きことなきがごとし」とある。

何であれ小さきものは愛らしい小さきバッタ親に相似て

☆ゴキブリ（御器かぶり）の仔なら素指でつぶせるか。

振り込め詐欺繁盛せしめる根源は強請たかりの政治にあらん

☆国会のはぐらかし答弁はまさに反道徳教育である。

麦秋の近づく野辺の夕闇に十六夜の月のぼり始める

☆ゴッホの麦畑は麦秋にあらず。

かなうなら卒寿の親鸞追い越して愚者となりては歌詠いたし

☆道元享年五十三、日蓮享年六十は越えた。

罪も無き嘘ではあるが沈黙を畏れるあまりついたいくつか

☆男のしゃべりは値打ちがないと叔母は言った。

買う本が沢山見つかる日のあらば心の浮力となりて弾めり

☆他力はたりきだがたりょくもありかと思う。本来念仏は人を踊らせる。

数千キロ旅路の果ての姿かや路上に一羽斃れた燕

☆今は無き古里の母屋には燕が屋内に巣を作っていた。

くらべてもくらべてもなおくらべても自分の姿見えざるものか

☆如来のハタラキにくらぶれば凡夫のハタラキは極微である。

了

読谷親鸞塾だより——平成の終わりに寄せて——

ほりわり第三十二号の牧野苓子さんの詩に触発されてこの稿を起こす。まずその詩「五十年目の夏」全編引用させていただく。

紺碧の空を背にひしめくビル
国際ショッピングセンター、三越デパート、ミリタリーグッズ店、琉球新報社
トロピカルファッションであふれる街に
日焼けした娘たちの笑いがはじける

凜々しい八重山のわかものたちの勇壮な太鼓に
五十年前の砲弾の響きが重なる
飢えに苛まれ
血にまみれて山野をさまよった子供たちも
今は初老の大人になり
一万人のエイサーに興じる

千人の負傷兵の呻きを吸い込み

十六歳の少女の哀しみを
暗闇につつんだ糸数の鍾乳洞は
息をこらして不気味に静まりかえっていた
欠けた茶碗で泥水をすすり
傷口のウジを払いのけ
切断された四肢を運ばされたおとめたちの
櫛や手鏡の破片は
時空を超えてなにを語ろうとしているのか

嘉手納の基地を飛び立つ戦闘機は
日常の風景に塗り込められ
耳をつんざく爆音は
芭蕉布を織る音をかき消して……

砂糖黍畑の緑を鮮やかにハイビスカスが彩る丘
群青の海は見渡すかぎりのどかに凪ぎ

ウインドサーファーたちの波しぶきが眩しく光る
県旗と日の丸と国連旗とが立ち並ぶ那覇空港は
天皇夫妻の慰霊の旅を前に
ものものしく身構えていた

基地の島オキナワはいま、夏……（一九九五年七月三十日）
因みに一九九五（平成七）年は一月十七日阪神淡路大震災、三月二十日地下鉄サリン事件のあった年、牧野さんは沖縄の地を踏んでいたのだな。この詩を読んで、ああじぶんもハイビスカスを読んだ詩を書いていたなあと思い家捜ししたが出てこない。その代わり段ボール箱から『読谷親鸞塾だより』というのが出てきた。B４白紙にびっしり直筆。全部で七枚。第一信一九九〇（平成二）年五月二十四日、から第七信一九九一（平成三）年七月二十一日まで。一九九〇年は平成二年、前年天皇の死去により元号が平成に改まっていた。

かつて読谷親鸞塾というのがあって塾長ならぬ間借り人として潜り込んでいたことがある。真宗大谷派のＴさんを中心として沖縄の活動拠点としていたものである。木の板に毛筆で親鸞塾の立派な看板が掛かっていた。

当時日の丸焼き捨て事件の裁判が続いていた。日の丸焼き捨て事件というのは一九八七年に開催された沖縄国民体育大会で、読谷村のソフトボール会場に掲げられた日の丸を知花昌一氏が引き下ろし焼き捨てたものである。背景に、当時の日本ソフトボール協会会長が大会直前国旗掲揚無くば会場を変更させる旨発言、読谷村に圧力をかけた経緯がある。村側の意にも反した中央ポールへの掲揚だったのである。ちょっと血の気の多い知花さんたち（もう一人知花盛康さんも訴えられていたが焼き捨てたのは昌一さん一人の行為だった）が直接行動に出たものである。

訴えたのは山内徳信村長。原告たる村長がその後被告の証人として知花氏の行為に理解を示したことでも分かるように沖縄県民の日の丸に対する複雑な思いが全国に発せられもした。事実本土復帰運動の時知花さんも日の丸の小旗を振ったのである。

塾だより第一信は日の丸裁判第十六回公判が五月二十二日に那覇地裁で開かれたことを伝えている。午前中の公判では支援百数十名右翼七十数名集結となっている。傍聴は支援十四名右翼十三名となっている、が小生傍聴したのかはっきりした記憶が無い。あるいは親鸞塾代表いや代理ということで傍聴させてもらったのかな。裁判傍聴となれば生まれて初めてなのに記憶が定かでは無い。というか裁判傍聴したならそのことを書くはずなのにそれがない。ただ尋問する検察官のことを馬鹿じゃねえかと思ったことだけ憶えてる、ということはやっぱり傍聴していたのだろう。最近の国会見ていて政治家官僚の姿がダブるようだ。テレビに向かって馬鹿かと叫んでいるのはその時のリベンジか。

塾だより第一信にはほかにアメリカ軍基地を望見したことが書かれている。恩納村の都市型訓練施設での実射訓練を基地外に組まれた監視塔の上から見たのである。今もあるかは分からないがよくまあ米軍は許したものだ。もっとも後日独立記念日だったか感謝祭だったかキャンプ○○が一部開放されて遊園地化されたのに行ったことがある。アメリカーはその辺はうまい。

塾だよりには『監視塔からは二棟の訓練施設が見え時折パーンパーンという実射音が聞こえる。もし銃をこちらに向けて構えたらと思うと鉄骨の塔の上で山越えの強い風のもと身震いがする』とある。さらに『使用済みの発煙筒と空の薬莢拾得』とある。一時塾の玄関に飾っていたように思うがどこへやったものか今はもうない。五月十五日復帰満十八周年の平和行進にも言及している。

実は小生にとって沖縄は初めてではなかった。一九七一年年末から一九七二年正月にかけての大学の冬休みに友人と旅行したのだ。つまり復帰直前の沖縄の地へパスポートをとって渡航したのである。本島から石垣島与那国島竹富島だったと思う。宿はユースホステル、たしか本島の名護の宿ではずうっとロックを聴いていた。LPレコードがどっさりあってサンタナもその時初めて聴いたと思う（インターネットで調べてみたらこのユースすでに閉鎖されているようで、現在居住している瀬高にも唯一あったルノワルユースホステルも閉鎖されている）。冬の沖縄は十度以下になることは滅多にないが肌寒い風が常に吹いている。その風に吹かれて鉄の暴風の南風原の野にも立った。

石垣島ではカフェでコーヒーをたのんでおねえさんに馬鹿にされたことも。与那国島ではスピリット六十五度の泡盛ゲット、土産は他に定番ジョニ黒、ダンヒルだったろうか。滋賀の実家にはしっかり風邪を引いてしまって這々の体で帰り着いた。正月のお客をしていたように思う。すぐに寝込んだのだから記憶もおぼろ。ただ竹富島で環境保護運動をしているひとにその後何の連絡もしなかったうしろめたさが二十年後沖縄に向かわせたのかもしれない。

大学は結局卒業することなくなんやかんやでお寺に縁ができて真宗大谷派の教師資格を取るために夜学の東京専修学院にはいりその過程で親鸞塾の存在を知ったのだっ

た。昼間アルバイトをして夜学で一年間。寺の跡継ぎや仏教に興味を持った人など若者から年配の人まで男女取り混ぜ三十～四十人いた。もっとも我々が卒業して一年か二年で移転したようだが。学院は浅草界隈にあったので授業のあと毎晩のように呑み助がかたらって安酒をあおって仏教談義に花を咲かせていただろうか。時は平成元年、見苦しい下血報道の果てに天皇が死去、なんか起こるんじゃなかろうかとカリカリし当時習っていた琵琶の先生に造反して追悼演奏会もキャンセルした。今頃韓国が天皇の戦争責任云々と言ってるが今更だが戦後しかるべき時期に退位しておくべきだった。それにしても天皇在位三十年を祝う日に沖縄県民投票の結果民意は辺野古新基地反対をはっきりと示した。トランプのポチ安倍首相は何の決断も示すことなく相も変わらず忖度と隠蔽の政治を続けている。それこそ天皇に忖度して工事中止を命ずれば安倍晋三の祖父つまり安倍晋太郎の父安倍寛の名誉を継ぎ、母方の祖父岸信介の汚名を雪ぐことができるであろうに。心から沖縄に心を寄せておられる天皇皇后両陛下、政府主催の祝賀会忸怩たる思いで臨まれたに違いない。誤解を恐れずにここでこそ天皇大権があればと思う。正規軍さえなければ阿呆な政治家一掃するのに共和制は一等良き政治形態かと思う。軍隊無き国、警察官より教師の数が多いコスタリカを見よ。嗚呼安倍一凶。

琵琶はかつて大濠能楽堂で「若き敦盛」を弾ききって以来、東京沖縄福岡とずっと持ち歩いているがもう三十年弾いていない。先日弾いてみようとしたが練習曲黒田節さえ弾けない。それなりの楽譜があるのだが読み方を忘れてしまった。沖縄時代に三線をやっておくんだったと今にして思う。

東京でのアルバイトは学院の講師の方の斡旋で障害者（害は碍であるべき）授産施設で通所者の作業補助、軽作業だがたまにミスもあるのでなんか監視役のような感じもあっていやだったがむしろ通所者とのコミュニケーションつまりふれあいが楽しかった。多くの方が精神障碍で、元新聞記者でインテリの小暮さん、本人よりもお父さんのほうが印象深かった羽根田君、作業所にいつも流れているラジオ番組を嫌っていた中村君、学会がちがちの高橋さん、そして数年前まで賀状を交わしていた宮澤君（彼は電車内で声を出して般若心経を称えたことがあったそうだ、そして彼のお母さんからカンガルー革のバッグをもらい今も愛用している）、ほかに強迫神経症の人とか女性も何人かいてぽっちゃり型の南雲さんはみんなのマドンナだったなあ。そしてダウン症の紳君、究極の癒やし系と言ったら叱られるかなあ、一人の女性の通所者に結婚下さい（紳君語）と折に触れ呼びかける。結構迫力あるんだけどみんなのこころをぎょっとさせて和ませる。言われた本人もさして嫌がるふうでもなく笑って聞き過ごしている。

あるとき急に紳君が私に対して怒り出して面食らったことがある。今は全く原因も何も思い出せないが何か私の言動が彼の気に障ったのだろう。他の指導員たちは何か紳君に忖度していたようだがそれこそ差別である。その後も彼とは仲良しだった。

この施設を運営していたのはKさんで息子が重度の自閉症だった。Kさんは戦中派、ちゃきちゃきの江戸っ子で軍隊での自慢をたけしの口調でまくし立てるのは日常茶飯、作業場にたまにやって来てはほらこうやるんだよとやってみせる。一斗缶のふたに丸い紙を入れてぺこん。要するに内職をそこそこの人数でやる。こうやれば効率がいいだろうなんて所長はやってみせるがそんなことは主眼ではない。勿論作業はいくつかあって心身にそれほど負荷のかからないものである。皆さん障害者手当をもらっていることもあってこの作業でもらう賃金は微々たるものである。だからどの作業が業者からもらえる手間賃がいいとかそんなに関係ないのだが、補助員というか指導員が仕事を選ぶようなことを言っていたのは滑稽だった。Kさんはそういう軽作業もままならない重度の自閉症児（者）を抱えていたのである。

私はといえば学院の関係者の方の世話で紹介してもらった手前、また幾ばくかのバイト料をもらい下宿まで提供してもらって何言うこともなかったが決して居心地のいいものではなかった。ただ私のモチベーションというか通所者の皆さんへの同情は母のことがある。一九七三（昭和四十八）年、鬱病（だったと今にして思う、その頃まだそれほどポピュラーな病ではなかった）を患い母は自死した。五十七歳だった。その後学業に対する意欲が失せ大学を中退、答えのない問いを悶々発し続けて今日に至っているように思えるが結局何もかも中途半端、後年阿含宗（麻原も一時入会していた）で中途挫折の因縁を指摘されたのもむべなるかな。麻原は阿含宗に飽き足らずオウム真理教に走り小生は親鸞に道を見いだした。そして短歌を携えて真宗を親鸞を極めたいと思っている。

一九九二年学院を卒業して二十七年みんな一体どうしているだろう。学院の同級生そして作業所のみんな、みんなみんな優しかったよう。

さて読谷親鸞塾だより第二信一九九〇（平成二）年七月二十日発は、ヤドカリ通信と題している。海岸まで結構距離があったと思うが塾近辺にはヤドカリが出没した。つまりは塾の間借り人たる自分のことなのである。それにしてもこの塾だより一体どこに向けて発信していたのだろう。不思議なことに記憶がないのだが、思うに心配をかけ続けている兄姉にだったのではなかろうか。当時四人の兄姉に合計九人の甥姪がおり、たまに会う小生のことをおっちゃん寅さんみたいといっていたので近況報告がてらというところだったのかもしれない（因みにあの授産所の所長Kさん失恋ばっかりしている寅さんのファンだったなあ）。

この通信にはヤドカリ生が読谷山焼の山田工房に就職したことを伝えている。平成二年四月下旬沖縄に移住して一ヶ月余。知花さんの裁判に関わったりしていたが基本的に無職。知人の入れ知恵もあって焼き物手伝いを考えていたがそこはそれ今までも自分で積極的に仕事を探さない俺。アルバイトにしてから人任せ。見かねて知花さん塾近くのカラオケ喫茶「愛しのエリー」に誘ってくれて読谷山焼への就活につきあってくれることになった。

読谷山焼は四工房共同で十三連の登り窯を運営していた。どの工房でやとってもらえるか決まっていなかったが最初に訪ねたK工房にてちょうど山田工房で一人やめるから頼んでみればということですぐに訪ね決定。あとで分かったのだがやめるのはMさんで、言うなれば山田工房の稼ぎ頭。山田さんは益子焼で職人としての修行をしたらしいのだが芸術家肌。がつがつ日用雑器を作るのは性に合わない。それに引き替えMさんはまさに職人気質。あまり無駄口をたたかず山羊のような風貌で良く日に焼けていた。山田工房をやめるのは今度読谷山焼の北に新しい登り窯を彼を入れて仲間四人で作るのである。彼以外の三人は隣のO工房で働いていた。今は読谷山北窯として知る人ぞ知る存在である。この前ユーチューブでその一つの工房を紹介していた。

　さてまったくずぶしろのヤドカリ生、焼き物手伝いのスタートである。読谷山焼は土作りからやる。本島北の山原（ヤンバル）から採ってきた山土を水肥して陶土にする。山土を水に溶かして沈殿してどろどろになったものから適度に水分を抜いていって最後は沖縄瓦にのせて乾かせる。ここまでの作業は全部屋外である。コンクリート製の水溜場では草津の湯で湯を混ぜる要領で板を扱う。三角錐型の麦わら帽を被ってまるで艪をこいでるようなヤドカリ生。たまに艪を止めて沖縄の青い空を仰いで物思いにふける。山田さんは工房を空けることが多くて、気兼ねなくさぼっていたわけではないが（奥さんがやっている花屋さんを結構手伝っているようだった）。

　最初の技術的といえる作業は菊揉みだろう。適量の土を台の上にのせて両手で上から押しつけるようにして腰を使ってこねるようにまわす。菊の花のように開く形になるまでにどれぐらいかかったかなあ。毎日毎日何回も何回もやれば嫌でもできるようになるんだけどでも形になるようになったときはヤチムンヤーの端くれになったような気持ち。そのうち轆轤にも座らせてもらえた。Mさんは時には姿を見せて茶碗やお皿をいうなら最後のご奉公でせっせと作りたまに轆轤指導してもらっていた。

そうしているうち最初の窯焚きがやってきた。十三連の窯を三日三晩かけて順次焚きあげていくのだ。最初の窯はイッチンといってまさに灰かぶり。焼き物に灰がかぶりその灰が溶けて窯変を来す。思いもかけない模様が現れたりするので芸術家肌の山田さんは特に好んでいたようだ。四工房のうちどこがイッチンを取るかつまりどこが最初の窯を焚くかは年初の計画で決まっていただろうが自分以外の工房がイッチンを焚くのをうらやましがっていた。イッチンでは琉球松を焚き口から徐々に燃やし最後はかなり奥まで突っ込んで火のかたまりを作る。そして次々に一窯ずつ焚き上げてゆく。窯の下の格子がはまったような溝から火が吹き上げてくる。そこへ細く切りそろえた木を窯の両サイドに開けられた穴からその上に投げ込んでゆくのだ。

しかしこの窯焚きにはいるまでが大変なのだ。琉球松は四工房共同で購入し管理する。窯焚き前の皮剥などは共同作業だ。そして各窯で焚く細い木ぎれは各工房で準備するが山田工房では木工所から二～三メートルの長さの廃材を束にしたのをピックアップトラックに積んで持ち帰り丸鋸で切断する。トラックに積むとき廃材は前後はみだす。だから両サイドからロープでしっかりと止めなければならない。それで覚えたのがちんちん結び。ぎゅっと締まってかんたんにはゆるまない。これはヤチムン手伝いのおまけかな。ただヤチムンに必ずしも必要な技術ではない。

窯詰めはこれは技術と言うより静かなる気合いである。一メートル六十数センチの私が余裕で立てて奥行き一メートル数十センチの窯に、耐火性の鉄板と柱で組み上げてできる棚に、できるだけたくさん焼くものを詰めるのである。不安定である。下の溝から結構炎が吹き上げるから倒れてはならない。

さて小生最初の窯焚きは、通信には七月二十三日とある。窯詰めにするのにいろみは作ったと思う。いろみというのは焼き具合を確かめるために棚の上にいくつか置いておき、薪を投げ入れる焚き口から届くところに置いておいて先が鉤型になった火箸で引っかけて出す、ちょうど楊子いれあるいはかわいい一輪挿しになるものである。ちゃんと轆轤の手になる。勿論商品になる。

いよいよ窯焚き。焚き口の窯のことイッチンということは先に書いたが、一番が訛っていっちんかと思っていたが、平成三十一年上期直木賞真藤順丈氏の小説『宝島』に、「最高」にイッチンのルビが振ってあった。まさに山田さんがイッチンを賞賛するように（宝島というのはぬちどう宝の宝島らしい）。

ピックアップトラックに薪を積み込んでバックで坂を駆け上がり焚く窯の横に止める。上の方の連になるとこれがなかなか大変で雨でも降ろうもんなら。これで苦労した北窯の人たちは窯の上だけでなく、両サイドにも屋根を作った。

窯の両サイドから声を掛け合って薪を投げ入れていく。ある程度投げ入れたら投げ入れ口に陶土で作ったふたをして（壊れやすいのでいくつか余分に作っておく）あとはコンパネにでも寝転んで星空を見上げる。満天の星空そして窯の下の格子から吹き上げる透き透るように輝く完全燃焼の炎。これだけでも沖縄に来た甲斐はあった。

かつて沖縄の陶芸家でＮＨＫ日曜美術館でも取り上げられた国吉清尚という人がいた。自分の窯（ガス窯、読谷山の各工房も持っていたが）に一九九九年身を投げたのである（即死ではなかったらしい）。芸術家肌の山田さんとは気があったらしく工房に来て話しているのを見たことがある。お互いに益子焼で修行して特に国吉さんは名工だったそうである。形の整った雑器を如何に沢山作れるか励んだようだが、若すぎる晩年はほとんど売れるものを作っていなかったようだ（死後彼の芸術的な作品は高騰しているようだが）。はっきり言ってやっぱりヤチムンヤーは日用雑器が基本。いい意味でのアシビー（遊び）で芸術作品を作ればと思う。

山田さんに対してもやがて不信を抱くことになる。やたら壺ばかり作って底の締めが甘いものだから韓国国旗のような裂（きれ）ができるのである。はじめ小生の土作りがまずいのかなあと思いもしたが、やがて山田さんのミスであることが判明する。小生も器を作るようになって（結局湯飲みまでだったが）締めが甘いと裂る事が分かった。それよりなによりMさんの加勢もそんなに続くはずもなく、私がMさんの代わりなどとうてい無理で結果は窯に詰める物が足りない（だから場所を取る壺をやたらひくことになる。壺は値段的に高くもありそんなに売れない）。詰め物が少なくても一窯しっかり炊きあげないと次の窯に移れないのである。土作りの労、薪を準備した労、炊きあげる労、窯出し終わったあとの窯の手入れの労考えてくれよとやめるまでずっと思いはくすぶっていた。

なお国吉さんの娘さんは今陶芸家として活躍している。

親鸞塾だより第三信はキジムナー通信一九九〇（平成二）年十月一日発行。

沖縄は台風銀座である。キジムナー通信にはこんなことが書いてある。

『やちむんの里でも台風対策に追われたのだった。暴風雨圏からようやく抜ける夕方、残波岬に行ってみた。雨は止んだが北寄りの風は充分に強い。岬に近づくにつれフロントガラスをぬらす水滴は波しぶきである。随分車がとまっているのは波の見物に来ているのだ。見事な波である。アメリカーの少年もいる。なるほどエネルギッシュな波だ。アメイジングと叫んでいたようでもあるが。十メートルを優に超すであろう断崖絶壁を軽々と越えて白い波の塊が轟きあがる。口をポカンとあけて感嘆しているといきなりザブリとくる。すっかり潮漬けになった。まさに心に残る波であった』

通信に沖縄の夏はやはりエネルギッシュだとあるが、平成二年小生初めての沖縄の夏。今年沖縄のゴキブリが世界一になったとあるが何が世界一だったのだろう。大きさとその色つやではなかったか。なんたって御器かぶりが語源なんだから。

親鸞塾のゴキブリの跋扈半端じゃあなかった。夜中がさごそという音が客人を悩ませるということでホウ酸系の薬物を置いたと通信にはある。小生ゴキブリには殺意がわくことはなくむしろ人類より遥かに長い歴史を持っているということで敬意を表するものである。そして『やっぱり琉球の夏を歌い踊りあげるエイサーこそが一番エネルギッシュである。勇壮にして華麗という常套的な形容そのものである。ただそのリズムにしろ踊りにしろむしろ質素なほどである。若い女性の衣装にしてからがすその短めのゆかたふうの着物にしまぞうり。若い男衆の踊りも決して激しくはない。大小の太鼓のたたき手たちの動きはやや激しいがそれも太鼓の響きにのっているという感じ。それでも勇壮にして華麗な風情を味わわせてくれるのは、それが文化というものなのか』しかしキジムナー生は嘆いている。『しかしその文化が急速に崩壊しつつあるようにみえる。文化の基盤である山川草木はリゾート開発で破壊され（植樹祭のために北部の森林が伐採されようとさえしている）、かつて方言札で〝退治〟しようとした沖縄語（ウチナーグチ）は今文明という名の方言札で駆逐されようとしている。十二年に一度の神人（カミンチュ）の儀式、久高島のイザイホーは過疎のために中止になった。ヤマトの河童と同じように、沖縄のキジムナーもその住処を年々追われているのだ、人心の荒廃という破壊によって。沖縄はまだまだ夏である。南無命どう宝（ナムヌチドゥタカラ）』

　因みにキジムナーとは沖縄で木に棲むいたずら好きの妖精のことである。

親鸞塾だより第四信はメーガニック通信一九九〇（平成二）年十二月二十三日発行。通信には陶器市のことが書いてある。読谷山焼四工房が共同で年一回開催のお祭りである。このお祭りでヒージャー（山羊）汁を初めて食べた。お祝いに山羊をつぶして塩だけを調味料に鍋で煮てフーチーバー（ヨモギ）をのせて食する、これが沖縄流。ただ精が強いのでアタマいかれんように注意するよう言われた。山田工房先輩のミスター山羊たるMさんは決して口にしようとはしなかった、共食いになると言って。

　その年の陶器市は通信によれば十二月十四、十五、十六日の三日間。初日はほとんど夏日、二日目に雨が降ってようやく秋の風情になったようだ。

　沖縄は冬といっても十度以下になることはほとんどない、ことはさきに書いた。そして北風といっても東寄り。この北東風が帆船時代のまさに追い風となって貿易で大きな利をあげそれが薩摩の支配につながったのだろう。昆布の採れない沖縄で今も昆布消費量が相当量にのぼるのは歴史的な側面があるのである。海藻類のもずくは沖縄で採れるが逆に本土から買い付けに来ていた。山田工房にたしか島根から来ていた社長が山田さんの作品を直接購入交渉していたのを見たことがある。山田さんはすでに新聞記事でも紹介されていたから絵画作品を購入する感覚だったのだろう。因みに北上する黒潮は沖縄本島の西を流れて奄美の北から太平洋に入る。冬の北東風は帆船を南下させる。

ここで沖縄語（ウチナーグチ）での方位の呼称を示しておこう。東西南北はそれぞれアガリ、イリ、フェ、ニシ。かつて読谷（ユンタンジャ）山地方は大北（ウフニシ）といった（首里から見ればであろう）。南風はフェーヌカジである。アガリイリは勿論太陽の上がり入りである。

メーガニック通信にはこういうことも書いている。『今、山代巴著「囚われの女たち」全十巻を読み進めているが、昭和初期のころ京浜工業地帯の労働者に沖縄出身の乙女たちがいて、奈波（ナワ）ナニという人が労務の面接で「名は何という」と問われて「ナワナニ」と答えたら「名前は何というかと聞いているんだ、このうす馬鹿！」とほっぺた叩かれたということがあったそうだ』

メーガニックというのは耐火性の土のことで前兼久の字を当てる。兼久（ガニク）は海岸の砂けの多い地帯でガニクは我如久とも書く。粘土とメーガニックを混ぜて水肥して陶土を作るのである。

また金城実さんのアトリエ兼住所が来春に完成することが書いてある。小生も建築手伝いしたことを憶えている。金城さん元はといえば関西で英語の先生をされていた。でもご本人は彫刻家としての自負心がおありだった。逸話に内地にいる頃風呂屋で人間の骨格を知るためにずうっと風呂にいて男の裸を見ていたものだからホモと間違われたことがあるとおっしゃっていた。先日ドキュメンタリーの傑作「福島は語る」でお元気な姿を拝見した。八十路にしてますますお元気でいて欲しい。

親鸞塾だより第五信アガー通信一九九一（平成三）年三月十日発行。

沖縄では勿論今は新暦だが南部の海人（ウミンチュ）の町糸満では旧正月を祝う。そしてやちむんの里でも旧正月を休日にしたのだった。その休日アガー生は北中城（キタナカグスク）城跡のホテルの廃墟にある琉球神道と称する神社へ泡盛を下げて出向きお経を上げたのだった。ほとんど乞食とおぼしき宮司が一人かれこれ十一年住みついているのだがたしか安里さんといった（通信に名前は書いてないのはなぜだかわからない）。訪れたのは今回が初めてではない。が、今では顔かたち声も記憶の海に溺れている。しかし通信にはこうある。『かつて軍関係の仕事もしていたとか、とにかく生粋のウチナーンチュではあるらしい。が、小生が沖縄のかたをもつ言い方をすると彼は沖縄の悪口を言う。大東亜戦争は聖戦だったと言い張る、かと思うと沖縄独立論をなかなか理詰めに説く。今度の湾岸戦争に関しても自衛隊派兵賛成である。このおじさんの言説で一番面白いのは、不動明王のお告げに七、八千万年前、強い放射能を帯びた天体が地球のすぐそばを北寄りに通りその時に地球は一時間に二十四回転し、それでマグマが噴出、陸地は北に片寄った。その放射能のせいで人類が誕生したのだそうな。聖戦を説く彼も人間こそが極悪であるという認識ははっきり持っていることを付け加えておこう』

ところでアガーとは。例えばその人が沖縄の人か本土の人か見分けがつかないとき、いきなり足を踏みつけてみる、「アガー!」と叫んだら沖縄の人である。

親鸞塾だより第六信ガジマル通信一九九一（平成三）年五月十九日発行。

『五月十六日窯焚きの最中に台風が接近したけれど幸いたいしたこともなく無事にたき終えることができた』でこの通信は始まっている。この年平成三年九月の猛烈な台風十七、十九号のことにはこの通信は勿論次の第七信のヤンバル通信にも言及はない。どちらの発行時にもまだ来ていない。第七通信発行は七月、そして第七通信以降は発行されていない。

さて平成三年の十七、十九号のことだが本島と久米島の間を通過して北上し有明海に入り九州北部に甚大な被害をもたらしたのであるが、読谷からすればすぐ西の海をとおったのである。ガジマル生勿論鉄筋の親鸞塾で息を潜めて通り過ぎるのを待っていたのだが、がんがんの暴風雨の中、前の道を平気に車が走っている。しかし慣れっこになっているとはいえ正直あきれた。何が飛んでくるか分からないんだから。

親鸞塾にはテレビがないのでラジオと新聞が情報源だったが本土で電柱がたおれていたのでこれは相当吹いたなあと、翌年大川のS寺に帰ったときもまだその傷跡が残っていた。あちこちのお寺でも被害があって、あるお寺では山門が倒れたりしていた。

伊勢湾台風は小生にとって昭和三十四年で記憶されているがこの十七、十九号はただ単に平成三年の、で記憶している。いつからか大きな被害を出した台風に名前を付けることはなくなったようだが、人と話すとき平成三年の十七、十九号でどうやら通じる。一九九一年のではちょっと煩わしい。

この原稿を書き進めているときちょうど改元の発表があった。平成三十一年は四月三十日まで、五月一日より令和元年ということ。万葉集梅花の歌三十二首の漢文の序文から取ったというが万葉集では令は今にゝである。どちらでもいいというようなことを言っていたようだがどうだろう、紛らわしい。そもそも改元は天皇の即位に合わせて行われるものでは必ずしもなかったのだから例えば原則漢字二字で広く国民から募集する手もあっただろう。そのとき頭文字MTSHを除くことや名前や地名にありそうなのを除くなどの条件を課せばいい。腹立たしいのは早速内閣支持率が上がっている。天皇制を政治が利用した格好だ。

朝鮮半島では干支がもっぱらであった。例えば甲午農民戦争とか。そういえば甲子園はきのえねの歳、一九二四年に完成したことにちなむ。

沖縄では明治五年のいわゆる琉球処分いらい日帝に蹂躙され続け改元後もその状況は変わらないだろう。いや変わらせるべきである。辺野古新基地は断じて作らせてはならない。もっともっと反対運動が盛り上がっていいと思うがNHKを筆頭にメディアが水をぶっかけているのではと勘ぐりたくもなる。沖縄独立論がもっと盛り上がってもいいと思うが。基地依存度は年々低下していることは先般の辺野古新基地是か非かを問う県民投票でも明らかにされた。この稿を進めている間に沖縄衆院補選があり自民は惨敗した。

小生学生の頃成田闘争があった。新空港今の成田空港建設反対闘争である。反対の意志を表明するためできることは空港反対同盟委員長の戸村一作さんが参院選に出られたときに投票するぐらいだった。多分それが小生選挙権行使の始め。

先日BSのTV番組で沖縄のヤチムンヤーが紹介されていて中に、I君というかつての読谷山焼きの仲間がいた。立派に独立している姿を画面の向こうに見た。彼は四工房のうち〇工房に属していてまだ県立大学を卒業して間がなかったと思う。大阪出身で三十年後の今関西弁のままで、十歳以上年下だったと思うが小生より大人びていた。番組でも少し触れていたが沖縄独自の陶土は有限である。そして陶器は売れないことには甲斐がない。

なおガジマルはガジュマルに同じ。小生はガジマルがウチナーグチかと思い込んでいた。巨人の星の主題歌、思い込んだらは重いコンダラではないのだな。

ヤンバル通信親鸞塾だより第七信一九九一年七月二十一日発行。

沖縄に住んで一年ヤチムン見習いの私がこの通信でちょっと哲学的なことを書いている。どうやら亜熱帯の島で窯焚きの熱と太陽の熱と泡盛にやられて地上の楽園状態にいたらしい。曰く『ヤンバル生これでも元はイデオロギーとか感情とか無縁に思われる理系志向だったのだが、今は理系の文系のといってほとんど無意味だと思っている。というのも生きているというのは変容そのものだから。裸虫と生まれ幼年期思春期青壮老年とその変容は刻々とどまらずやがてどこかの時点で白骨となる（果たして変容はそこでとどまるのか）。ぼんやり海や雲を眺めるのが好きなのもやはり変容をそれらに仮託しているのだ。

沖縄にはグソーという言葉が生きている。大和語（ヤマトグチ）で後生（ゴショー）だろう。あの世のことである。自然の過酷さに加え特に薩摩の侵略以降その人為的抑圧とに忍従を強いられ内向する魂があの世を希求したというにとどまらない、むしろ無意識のうちに琉球弧の人々はその霊性を研ぎ澄ましていったのではなかろうか。ヤンバルには特に霊能者が多いと聞いている』

病気とか家庭の不和などの悩みを女性がユタに相談する、それをユタゴウという。ユタを買うということである。

沖縄で見られる亀甲墓は亀の甲は実は女性のお腹で墓の入り口が女性器なのである。そして奥に遺体を安置し数年間風に晒す。つまり風葬。亜熱帯の沖縄である、一年もすればほぼ骨だけになっただろう。ただ雨風に晒されるわけではない。そこで白骨化した遺骸を海岸まで運びきれいに洗骨する。その役目は女性だったと聞いた（この風習は今はもう廃れている）。そしてあらためて遺骨をお墓に納める。毎年春墓前で清（シー）明（ミー）祭、墓前供養を行い三十三年経てば神様仏様になるのである。ニライカナイは海の彼方、ミルクユは弥勒世五十六億七千万年後釈迦の化身が現れる。

さて読谷親鸞塾だよりこの第七信で終わっている。全ての通信で日の丸裁判に言及しているが（第二信からは火の丸裁判と書いている）、第七信では『火の丸裁判は被告側証人に、原告者たる山内村長自身が立つそうである。次の公判は九月十七日の予定』とある。裁判は一審で懲役一年執行猶予三年、二審で控訴棄却、これが一九九五年四月に出た結論である。

第七信の日付一九九一年七月二十一日以降のいつの日か読谷親鸞塾を出て座喜味の長浜にある一軒家に引っ越した。塾の居候ですまなくなって部屋代を払うとなると鉄筋のそんな大きな家は必要ない。移ったのは木造一軒家。前に借りていた人というのが花崎皋平さん。小田実らと共に行動した市民活動家で北大助教授の地位と家庭を捨てて知花昌一さんの活動に共感して短期滞在していたのだと思う。白髪混じりの髪の長い女性と一緒だったのを見た記憶があるのは、多分女性はアイヌの人でパートナーとして一緒に沖縄に来ていたのだろう。その住居をあとにされる直前に会ったものと思われる。何らか言葉を交わしたはずだがその記憶は無い。

長浜に越したのは残波岬で大波にさらわれかかって以降だろう。塾から工房までの通勤にガタピシの軽をもっていたのだが例のこの年平成三年の台風十七、十九号、十九号のあとのビッグウェーブを残波岬に見に行って車もろとも十数メートル、いやもっとかな流されたのである。残波岬は西向きに海に突き出ていて北側に断崖絶壁が切れ込んで口を開け南側はアダンも群生する緩やかな岩場。一九四五年四月アメリカ軍が上陸した天然の揚陸棚。津波のごとく断崖に打ち上がった波はボーッとして車から鑑賞していた小生の車めざしてドドーッとやって来て流されたのである。水はドアまで来ていたと思う。その時一生懸命無駄なブレーキを踏んだことを今も覚えている。水辺まではまだだいぶあったと思うが、一発の大波だからあれですんだ。何人か人が駆け寄ってきたが中に黒人がいたことは覚えてる。米兵だったんだろう。エンジンをかけてみたらかかったので、二の矢が来る前にすたこら逃げ出した。その時は奇跡的にエンジンはかかったのだが翌日かからなかった。廃車である。カネもないので結局工房のピックアップトラックを借りることになった。

このピックアップトラックであわやの事故を二回やらかしている。

一度はへべれけに酔っ払って駐車中の車にぶち当たった。むこうがいわゆる逆駐車していたので降りていってそれをなじったらじゃあ警察に連絡するというのでそれは困る、とまあ酔った勢いは困ったものだがその後確か山田さんが現れて（自分で連絡したかどうか記憶がない）多分相手が連絡を取ってくれたのだろう、相手の車の修理は保険を使ってくれ、工房のトラックはタイヤにかかるバンパーをバールで力ずくでこじ曲げている姿は憶えているのだがそこまで。まあ三十年以上前のことで人身事故もなく時効ということでお許しいただきたい。

今一度は事故にはならなかったし飲んでいたわけではない。山原（ヤンバル）の山道を走っているとき濡れ落ち葉にスピンして半回転、反対車線の側溝に左側の両輪がすぽんとはまってしまった。同乗者の知り合いが運転するタンクローリー車が偶然通りかかりロープで引っ張り上げてもらった。前後輪のタイヤの側面が側溝に当たりこちらもふかして上がったのである（このことは多分山田さんには申告していなかった）。あの半回転している時にもし対面車があったならただではすまなかったはずだ。偶然というのは実はない。全て起こるべくして起こる。良くも悪くも受け入れるしかない。善悪の彼岸にお浄土はある。絶対空間も絶対時間もない。絶対善も絶対悪もない。あるのは絶対他力である。山川草木悉有仏性、全てを仏に帰せしむる。

沖縄時代病気もした。七転八倒の尿管結石。大きい病院に着いてトイレに行ったら米粒大の結石がぽろんと出て嘘みたいに痛みが去った。痛みの記憶というのは曖昧だがあの時の爽快感は宗教的救いに通ずるのではなかろうか。

腰痛も発症した。工房の入り口の敷居に両腕でぶら下がったり、遠浅の海岸に行って海鼠をよけながら水中歩行をしたり、あげく電気針の治療も受けた。腰痛に苦しむヤチムンヤーは多かった。隣の工房の先輩はヘルニアの手術をしていたし、腰痛はくせになると聞いてもいたのでそれもあって沖縄から逃げ出したのかも。

給料はいくらもらっていたのか思い出せないいんだけど、それなりに米兵も来るような店に飲みに行ったこともある。借金はなかったけれど、もしかの時自分の葬式代として貯金はいつも百万円はキープしていたと思う。兄の世話にはならんという意地があった。

長浜の一軒家は木造でもあったのでほんに自然と一体化していたような。敷地内にあったパパイヤをとって食用にしたり、木にぶら下がるオオコウモリを見たり、外にあるぽっちゃんトイレに蛇がとぐろを巻いていたり。

小生がここで一人で住んでることを嗅ぎつけたアル中のあんちゃんとなじみになった。問わず語りというか色々身の上話も聞いたと思うがほとんど忘れてしまった。ただ中秋の名月を見上げて飲もうと戸板を庭に置いて泡盛を酌み交わしながら見上げた沖縄の空に煌々と輝いていた満月は忘れない。

平成二年四月沖縄に来て足かけ三年、三回目の夏を迎えることなく沖縄を去る。平成四年の正月休みに思い切って旅立ったと思う。はっきりした記憶がないのだ。ただもらうべき給料はもらわなかったことは憶えてる。山田さんへの挨拶はしなかった。事故で山田さんに迷惑をかけたことの後ろめたさを引き摺っていたから。

さすがに知花昌一さんには挨拶したと思うがその記憶も曖昧だ。知花さんはその後読谷村議を務めさらに真宗大谷派の僧侶になった。

先年久留米教務所に法話に来たとき再会をしたのだが久闊を叙すという感じにはならず、思えば親鸞塾を出たあたりからやや疎遠にはなっていた。法話は三線（サンシン）の弾き語りで締めくくられた。三線は独学だそうだが歌詞は親鸞の現世利益和讃、大谷派の赤本P105～P107までの六首だった。琉球音階にのせてリズミカルにさらりと歌った。真宗は現世利益を説かないと思われがちだがあえてこの和讃を選んだのはなぜか。結局聞きそびれた。久し振り一献と思ったが教務所サイドの接待があるということで遠慮した。自分で勝手に疎外感をおぼえ帰途についたのだった。いつかは俺も琵琶で和讃を語ろうと思い続けてはや何年。東京沖縄と琵琶を持ち歩いただけで、そして雲照寺にはいって二十五年やはり弾いていない。さいごに知花さんが歌った現世利益和讃六首と、いずれ（果たしていずれとはいつか）小生が琵琶で弾きがたるであろう、愚禿釈親鸞作悲嘆述懐和讃から六首を揚げてこの稿を終わりにする。

現世利益和讃

南無阿弥陀仏をとなうれば
他化天の大魔王
釈迦牟尼仏のみまえにて
まもらんとこそちかいしか

天神地祇はことごとく
善鬼神となづけたり
これらの善神みなともに
念仏のひとをまもるなり

願力不思議の信心は
大菩提心なりければ

天地にみてる悪鬼神
みなことごとくおそるなり

南無阿弥陀仏をとなうれば
観音勢至はもろともに
恒沙塵数の菩薩と
かげのごとくに身にそえり

無碍光仏のひかりには
無数の阿弥陀ましまして
化仏おのおのことごとく
真実信心をまもるなり

南無阿弥陀仏をとなうれば
十方無量の諸仏は
百重千重囲繞して

よろこびまもりたまうなり

悲嘆述懐和讃

浄土真宗に帰すれども
真実の心はありがたし
虚仮不実のわが身にて
清浄の心もさらになし

悪性さらにやめがたし
こころは蛇蝎のごとくなり
修善も雑毒なるゆえに
虚仮の行とぞなづけたる

無慚無愧のこの身にて
まことのこころはなけれども

弥陀の回向の御名なれば
功徳は十方にみちたまう

小慈小悲もなき身にて
有情利益はおもうまじ
如来の願船いまさずは
苦海をいかでかわたるべき

罪業もとよりかたちなし
妄想顚倒のなせるなり
心性もとよりきよけれど
この世はまことのひとぞなき

よしあしの文字をもしらぬひとはみな
まことのこころなりけるを
善悪の字しりがおは

おおそらごとのかたちなり

聖典には親鸞八十八歳御筆の字が見える。
なお悲嘆述懐和讃は赤本（普及本）には掲載されていない。

了

雑誌『赤い鳥』創刊百年に寄せて——数周回遅れで——

ほりわり三十一号（二〇一七）特集は、雑誌『赤い鳥』百年と北原白秋、だったが小生書きそびれかなりの周回遅れで今号に寄稿する。

童話童謡雑誌『赤い鳥』は一九一八（大正七）年に創刊されているので二〇一七年発行のほりわりの特集は一年先取りということになる。事実『赤い鳥』創刊百年記念事業実行委員会による冊子の発行は二〇一八年三月になっており、いくつかの事業も二〇一八年に行われた。なかに『赤い鳥』感想文コンクール課題作品というのがあり指定作品に芥川龍之介『魔術』、有島武郎『一房の葡萄』とあったのでちょっと食指が動いたが結局投稿はしなかった。赤い鳥と言えば『翼をください』で有名なフォークバンドだがその名の由来はこの『赤い鳥』である。

さて雑誌『赤い鳥』を復刻版ではあるが初めて目にしたのはみやま市立図書館においてだった。みやま出身で白秋の弟子であった与田準一氏の寄贈によるものであった。図書館の一画に与田準一記念館が作られたのは二〇〇九年、与田氏からの多数の蔵書の寄贈があったからで、その中に『赤い鳥』もあったのである。段ボール何十箱にもなる蔵書は今もみやま市立図書館の書庫で整理作業が続けられている。寄贈に至るいきさつにはここでは触れないが与田氏と親交のあったみやま在の歌人のご子息、といっても八十路のM氏の尽力があったとだけ記しておこう。与田氏は記念館ができる十年ほど前に亡くなっているので交渉はその子息、橋本淳氏（ブルーライトヨコハマ、ブルーシャトーの作詞で知られる）と行われたようである。

全巻そろった『赤い鳥』は借り出し禁止なので図書館に何回も足を運び与田準一記念館の中で子供用の小さな椅子に腰掛けて大急ぎで全巻目を通し目をしばしばさせてチェックできる範囲でノートに書き写した。その内容に立ち入る前に一九一八年前後、今から百年前後のことに少しく触れてみたい。

第一次世界大戦は一九一八年終結したが一九一四年に始まっている。ウィキペディア一九一四年には『少年倶楽部』創刊も出ている。三重吉の批判の俎上に載せられた売れ線の通俗少年雑誌というところだろうが、昭和三十年代マガジン、サンデーの週刊漫画雑誌の出るまではいくつかの月刊誌があって母子家庭では買ってもらえず友達の家に行って読ませてもらったものだ。そうそうたる大衆小説の書き手による小説も特に戦前はあったようだが昭和三十年代が小学生だったわれわれには『よたろうくん』『ロボット三等兵』そして『月光仮面』等の良質の漫画が懐かしい。畳の上むさぼるように読んだあの濃密な時間はまさに無量寿の世界だった。

さて一九一四年の出来事、十二月三十日に、新潟で一家四人死刑事件というのがあって、二〇〇〇年十二月三十日の世田谷一家殺害事件のことを思い起こさせられたこともありクリックして内容を見てみると、なんと冤罪事件であった。初めは一家四人全員死刑を検察が求刑、のちに長男一人に罪を負わせるでっち上げである。処刑（事件三年後、冤罪が暴かれるのを畏れるようにすみやかにされたように思われる）の十八分前長男が家族と大場弁護士に宛てた遺書。

「私は今冤罪によりて刑に處せられんとします然し神は必ず我心の公明なる事を知り給ふ事と信じますこの期に及んで何も言ひ遺す事はありません私の靈魂なき死骸は何の宗教に依って葬るとも差支えありません今や私は神の大なる恩恵に依りて天國に赴かん（ママ）する所です決して御歎きなさらぬ様に願ひます（「新潟疑獄犯人の死刑執行」『法律新聞』、一九一七年十二月十八日、十九面）」

この稿をすすめている今二〇二〇年三月現在、西日本新聞では志布志事件（選挙違反、前代未聞の踏み字事件）、大崎事件（新潟の事件と酷似している）、二つの冤罪事件の連載記事があっている。昨年は飯塚事件（きわめて冤罪の疑いが濃い、被告はすでに処刑されその妻が最高裁に特別抗告している）についても連載していた。権力犯罪の根は組織防衛のための自己愛である。そんなことをいっても被害者そして家族の無念は晴れはしない。そして私の自己満足として自作の次の短歌を掲げさせていただきたい。「どれほどの叫び上げしもむべなりぬ冤罪被害者原発被災者」（福岡事件でやはり冤罪で処刑された西死刑囚の句に、「叫びたし寒満月の割れるほど」がある）。政権があからさまに司法に介入しようとしている今、権力凝視を怠るまいと思う。

一九一八年はまたアジアで初めてベートーベンの第九が演奏された年でもある。場所は徳島県鳴門市にあった板東俘虜収容所。第一次大戦中、中国で捕虜になったドイツ兵約千人が暮らしていた。捕虜収容所から連想するイメージとは裏腹の捕虜主体の環境であったようだ。ドイツのパンやソーセージ菓子などを作って売る商売や、新聞の発行、スポーツ、音楽の活動などが認められた。四国霊場一番札所のこの地には巡礼者をもてなす御接待の風が根付いており、さらに当時の所長松江豊寿の存在が欠かせない。松江は戊辰戦争で朝敵の汚名を着せられた、あの白虎隊の会津藩の出身。軍部ににらまれながらも人道的な収容所運営を貫いた。第九はまさに歓びの歌、敵味方を超えた人間解放の歌である。

なお全くの余談だが一九一七年の出来事でその年の誕生者が列挙されている中にたまたまバイオリニスト、ドロシー・ディレイ（ジュリアード音楽院の教師で門下生に五嶋みどり、諏訪内晶子がいる）が目にとまった。ほりわりとも御縁のある大牟田在住のドロシーみきこさんのステージネームの由来の方ではなかろうか。今度確かめてみよう。

今この原稿を進めている二〇二〇年五月新型コロナウイルスがパンデミック（世界的大流行）を引き起こしている。中国武漢発症で感染者世界で四百万人超死者も三十万人突破（五月十七日現在）。実は百年前一九一八年～一九二〇年にかけてスペイン風邪（スペイン発症ということでなく、あたかも第一次大戦交戦中の国は報道管制をしいたが中立国スペインが正直にこの伝染病を報じたがためこの名が後世に残った）が、パンデミックを引き起こした。当時の世界人口十八億～十九億人で五億人が感染し死者は千七百万人～五千万人とも推定されている。日本（大日本帝国）では当時の人口五千五百万人に対し三十九万人が死亡したという。三月二十二日西日本新聞は当時の『福岡日日新聞』と『九州日報』の記事を採録している。十八年十月上旬から感染拡大。福岡では一ヶ月で患者五十六万人超、死者四千人超。当時示された予防法は現代とさほど変わらない。人混みを避けマスケ（マスク）着用。興味深いのは一九一八年～一九二〇年の間に三回の流行期が見られたという。二十年五月十四日付の九州日報には福岡県筑後地方で〈先月末より流行性感冒再燃し罹病者百五十余名に達し部落民中病まざる者なきの有様〉とある。とりあえず免疫力を高めることに腐心するべし。

さて『赤い鳥』には広告が載っている。カルピスもそのひとつでグラスからストローで飲んでいるしゃれた人物像が印象的である。が、最近あまり見かけなかったので調べたら平成二年黒人差別に当たるというので敗訴したそうな。逆差別じゃないのかねえ。因みにカルピスの創業者は三島海雲。浄土真宗本願寺派西本願寺（お西）の僧侶である。二十世紀初頭大陸を流浪しているとき乳製品不老不死の霊薬に出会い感激、帰国後カルピスの開発に成功したのである。カルシウムの「カル」と仏教用語の醍醐（最上の味）を意味するサンスクリット語「サルピルマンダ」を合体させて最終的にカルピスとなったという（かなり強引な気もする、小生の短歌のペンネーム釈幸琉部シャレコウベのアナグラムのほうがまだおとなしい）。カルピスを最初に口にしたのは多分親戚のうちでの事だっただろう。母子家庭では味わえない一種高貴な味。一九一九年カルピスは販売された。

企業広告は他に子供向け雑誌にふさわしい練り歯磨きやクレイヨン（クレヨン）の当時の企業名が見られる。映画『火垂るの墓』で石ころで代用された「サクマドロップ」も見える。

「マツダ瓦斯入電球」というのがある。松下電器の広告は見えないが実は二〇一八年は創業百年なのである。松下幸之助が二股ソケットで成功し、福利厚生年功序列終身雇用のナショナルも今や社名もパナソニックになった。関西出身の私もナショナルファンだったし子供の頃ナショナルキッドという子供向けテレビ番組もあった。長じて『ＰＨＰ』という雑誌に嵌まり特に高校の頃は『大学への数学』と共に毎月買っていたと思う。自身の道徳好きゆえの事だろうと思う。大学の夏休みに京都駅近くの氷製造の会社でアルバイトをしたとき隣のビルの壁面にＰＨＰの文字を見た。もうすでに雑誌ＰＨＰは卒業していたのだが……平和幸福繁栄全てに裏を見すぎてしまった（ベトナム戦争、ケネディー暗殺、マリリンモンロースキャンダル、水俣病近代合理主義への不信）。無政府主義に急速に傾いたが、唯物論はどうしてもいただけない。ただ詩人クロポトキン、大杉栄、盲目のエスペランティスト、ワシリーエロシェンコの名は今にビビッドである。

雑誌の広告には『女性』がある。『女性』は大正十一年五月創刊。イラストに斬新さがあったようだが執筆陣も多彩で、『赤い鳥』大正十一年八月号にはすでに広告が載り目次に、泉鏡花の名があり、その他の号には永井荷風、北原白秋、芥川龍之介、さらに谷崎潤一郎、菊池寛、佐藤春夫、志賀直哉、果ては大衆小説の長谷川伸の名もある。面白いところではお西（本願寺派）の二十二世法主大谷光瑞、同じくお西の学僧梅原真隆。光瑞は大谷探検隊で有名、随筆を寄稿していたのだろう。梅原真隆は戦後国会議員もしていたようだが後年富山大学学長も務めた。『女性』大正十一年八月号に「親鸞の愛欲観」と題して一文を寄せている。興味深いが内容は分からない。ただ思うに「親鸞伝絵」にある女犯偈（にょぼんげ）に言及しているのだろう。偈文は「行者宿報設女犯　我成玉女身被犯　一生之間能荘厳　臨終引導生極楽」（念仏の行者が宿縁によってセックスしても私は玉女（ぎょくじょ）すなわち救世観音です。生涯寄り添い臨終に際しては極楽に導きましょう）。こういう夢のお告げを若き親鸞は受けたのである。

新聞は黒岩涙香の萬朝報のほかに讀賣新聞、國民新聞、京城日報が見える。萬朝報の記者幸徳秋水は日露戦争非戦論を唱え社を辞し平民新聞を起こした。のちに大逆事件で処刑されるがこれは冤罪と言うより合法を装った虐殺である。

薬の宣伝には作家星新一の父星一が創業した星製薬がある。ほかにタカヂアスターゼ。美容やせ薬（オベストホムア）。デパートは「松屋」「三越」「高島屋」「白木屋」。

書籍の宣伝もある。世界童話集（春陽堂）などはもっともで、興味深いのは大正十四年一月号の『イーハトヴ童話　注文の多い料理店』である。作者宮澤賢治氏、装幀菊池武雄氏、発行、光原社（振替東北農業研究所）。宣伝文句に、「東北（とうほく）の雪（ゆき）の曠野（こうや）を走（はし）る素晴（すば）らしい快遊船（よっと）だ！」とある。以下割愛するが目次も載せてある。一九二一（大正十）年棚から法華経がどさっと落ちて来て家出を敢行して東京に出てきた賢治だが、大正七年創刊の『赤い鳥』を目にし芥川の『蜘蛛の糸』に影響を受けたのではという指摘もある。十六歳にして「歎異抄の第一頁を以て小生の全信仰と致し候」と表明し、やがて法華経に真理の大道を見いだした賢治、童子（わらし）なす代わりに童話を書き童話作家をめざした賢治。『赤い鳥』に掲載されることは無かったが童話集『注文の多い料理店』の宣伝を大正十四年一月号に出していたのである。もっともほとんど売れ残ったそうで父（銀河鉄道の父）の資金で二百部買い取ったそうな。因みに一冊一円六十銭だった。

なおトランクいっぱいの原稿を遺して三十七歳で逝った賢治だがその原稿には最期まで手を入れ（育て）続けた。そして父や弟の清六には生前に出版できない事の無念を語っていたようだが、いまわの際父政次郎に「国訳の妙法蓮華経を一千部つくってください」「私の一生の仕事はこのお経をあなたのお手許に届け、そしてあなたが仏さまの心に触れてあなたが一番よい正しい道に入られますようにということを書いておいてください」と語ったと伝わる。賢治は短歌を二首辞世に遺しているがそれが絶筆である。

その一首

「病（いたつき）のゆゑにくもらん　いのちなり　みのりに棄てば　うれしからまし」

（みのりは稔りであり御法である。棄命は帰命か）。なおその文学的出発も短歌だった。

さてそろそろ雑誌『赤い鳥』の内容に入らねばならない。

その前に主宰者鈴木三重吉と盟友北原白秋について少しふれておきたい。ざっくり言うと散文の三重吉、詩の白秋。読者の投稿を選ぶのもそれぞれ棲み分けていたようだ。三重吉は選後に「字の間違ひと仮名づかひの誤りを直しただけで、一寸も他人の手は這入つてをりません。すべて大人でも子供でも、みんなかふいふ風に、文章は、ありのあつたこと感じたことを、不断使つているまゝのあたりまへの言葉を使つて、ありのまゝに書くようにならなければ、少なくともさふいふ文章を一ばんよい文章としてほめるやうにならなければ間違ひです」と書いている。なんかちょっと賢治を彷彿とさせるような文章だけど。

勿論白秋の代表的な童謡は『赤い鳥』から生まれた。「この道」「からたちの花」「赤い鳥小鳥」。

「ことりのうた」（芥川也寸志作曲昭和二十九年発表）で知られる与田準一は『赤い鳥』への投稿から白秋に見いだされた（与田準一記念館に一歩足を踏み入れると「小

鳥のうた」のメロディーが流れる）。

「たきび」の巽聖歌の名も投稿者にみえる。「たきび」は小生大好きな童謡である。冬の日の水防倉庫（垣根を曲がったところにあった木造で青いペンキ剥げていたが今はもうない）が思い浮かぶし霜焼けに悩まされた幼年時の吾を歌ってもいるようだ。NHKの依頼で昭和十六年九月作られその年十二月八日大東亜戦争が勃発。しかし歌詞曲調にその気配はみじんもない。ただ十二月九日から三日間NHKで『うたのおけいこ』という番組で「たきび」が取り上げられることになり、八日開戦、それでも九日、十日は放送されたが十一日は「すすめ軍艦旗」という内容に変えられたようである。軍部からのクレームが面白い。「たきびは攻撃目標になる」「落葉も貴重な資源、風呂ぐらいは焚ける」と。「たきび」は戦後昭和二十四年十二月『幼児の時間—歌のおけいこ』で復活。昭和二十七年生まれの私は生まれたときから家族と一緒に箪笥の上の木の箱のラジオで多分聴いていたことだろう。最初の音楽体験と言えるかも。すり込まれたはず。今も手の甲には霜焼けの痕が残っているけれど、冬が好き雪が好きはそのせいかもしれない。音楽の教科書にも勿論載っていたはずでただ消防署から「たきびを奨励するような歌は、防火教育上いかがなものか」というクレームが付いたそうな。いやはや。現在はダイオキシンや煙の問題もあって随分肩身が狭くなった。

唯ここだけの話うちは裏庭が広く落葉も豊富なので風向きを考慮してささやかにたきびをさせてもらっている。消防署の方向を気にしつつ、やや苦い思いを飲み込みながら。因みに作曲は渡辺茂（小生にとっては無名）。……戦後歌謡「露営の歌」。

　新美南吉も投稿から認められたが代表作とも言える「ごん狐」は、『赤い鳥』昭和四年休刊後、再発行の昭和七年一月号に掲載されたのである。

　夭折の詩人に海達（かいたつ）公子という人がいる。やはり投稿から白秋に見いだされたのだが十六歳で亡くなった。小学校二年の時に投稿した詩が白秋に賞賛され以後常連となった。

　与田準一記念館の子供用の小さな椅子に腰掛けて目をしょぼしょぼさせてできうる限りノートにチェックをしたのはもう二年以上前。今回この稿を起こすに当たり確認しておきたい事があったのだが新型コロナウイルスのせいで図書館の中で読み書きができない。なんとか書き写した分でこの稿を進めている。海達さんについても今一度原本に当たろうと思っていたのだがそれがかなわず、なんとなく書き写していた一遍を次に紹介しよう。

「朝日」山道を通りながら／男の生徒が／栗をおとしている／出はじめた朝日／立ちどまって拝んだ　　熊本　海達公子

多分これは彼女が小学校卒業の頃のものでその数年後昭和八年、熊本は荒尾の高等女学校卒業式の日に倒れその数日後腹膜炎で死亡。享年十六。十年に満たない創作活動の中で詩五千編短歌三百首を遺す。荒尾市内にいくつもの顕彰碑があり今も顕彰会が活動しているようだ。思うに大正六年一月生まれの私の母とは同級生。母はすでに他界していてあと数年で五十回忌である。母の無言の後押しで五十歳で作歌をはじめたのだが、公子は父松一の強い後ろ盾言うなればステージパパぶりがあったようである。時は大正デモクラシー、柳川出身の白秋の存在はまばゆいばかりであっただろう、地方の文学青年にとって。

復刻版投稿欄本当にざっとしか目を通せなかったけれど、三重吉にしろ白秋にしろ出身地広島、福岡をえこひいきする事なく全国満遍なく掲載している。私の郷里滋賀県近江八幡市のお隣の当時の神埼郡山上（やまのうえ）小学校も見える。しかし母も文学少女だったと思うが赤い鳥読んでなかったのかなあ。私が「童話作家になるー！」と言ったとき「阿呆なことゆうて」とだけで赤い鳥のことはこれっぽっちも言わなかったよなあ。公子は高瀬高等女学校（現玉名高校）を次席で卒業し奈良高等女子師範（現奈良女子大）を卒業式の前に受験しに行ったようだがどうだったんだろう。勿論合格していても行けなかったわけだが。

さてここに創刊号の執筆者を列挙する。
泉鏡花、小山内薫、徳田秋聲、髙濱虚子、野上豊一郎、野上彌生子、小宮豊隆、有島生馬、芥川龍之介、北原白秋、島崎藤村、森林太郎、森田草平、鈴木三重吉。その後、有島武郎、谷崎潤一郎、佐藤春夫、菊池寛、宇野浩二、小川未明、久保田万太郎、坪田譲治、等々。寺田寅彦が八条年也のペンネームで寄稿している。詩では西條八十。作曲は草川信、成田為三、山田耕筰（今期の朝ドラ『エール』でコロナで死亡した志村けんが演じてる）。表紙絵は清水良雄、全百九十六冊のうち百六十三冊を描いた。ほかに挿絵などに鈴木淳、深沢省三、前島とも、山本鼎がいる。山本はクレパスの考案者で白秋の妹と結婚している。白秋の葬儀委員長も務めた。

森林太郎（鴎外）は寄稿者としてはたしか創刊号にしかみえなかったと思うがその内容と共に今は確かめようがない。ただ森林太郎の名は『日本のお伽文庫全六巻森林太郎鈴木三重吉他二撰　培風舘』と広告に見える。三重吉の師夏目漱石と並び称される文豪森鴎外。ドイツ留学時の体験に依って書かれた「舞姫」、確か高校の時現国の教材だったかと思う。教科書に載っていたのか教師（安吾の堕落論を読ませた）が独自の教材として読ませたのか多分後者だが、妊娠したエリスを無残にも棄てることのみ印象に残った。童貞の高校生には、小説とはいえ発狂したエリスへの同情心が刻印された。今度何十年ぶりかで舞姫読み直した。今は便利、インターネットで簡単にプリントアウトできる。いわゆるノンフィクション私小説ではないだろうが小説に書くことによって免罪を謀ったのではなかろうか。言い訳めいた言説が随所にある。主人公が雪の中をコートだけでエリスの元に帰り気を失う場面には自虐的自己陶酔を感じる。鴎外は軍医であった。日露戦争時すでに陸軍の要職にあったが、脚気が蔓延したときその原因を見誤ったせいで二万数千人の死者を出したそうである。白米を麦飯に替えればいいものを細菌原因説に固執したのである。彼は官僚としてほぼ最高位に着いたが求めた爵位が得られず次のような遺言を遺した。「アラユル外形的取扱ヒヲ辞ス。森林太郎墓ノ外一字モホル可（べか）ラス」

　創刊号の芥川龍之介『蜘蛛の糸』はあまりにも有名だが、小生若いとき詩の一行に「鋼鉄のワイヤーよりも蜘蛛の糸のほうが強いという真実の時代だ」と書いたことがある。あるいはこの童話をイメージしていたのかも知れないが、今は思う、カンダタに続いて続々とのぼってくる亡者たちに下りろ下りろ言ったとたんにぷっつり切れたのはなぜか、何が切ったのか、と。仏の慈悲を独り占めしようとしたから、といってしまえばそれまでだろうが、本来仏の慈悲を独り占めすることはできぬ。まあそのことを作者はこういう形で表現しようとしたのだろうが。

仏教に諸行無常、諸法無我、涅槃寂静」の三法印というのがある。「とどまるものはなにもなくすべてはわたしをさってゆきしずかなせかいにかえりゆくだけ」どうやらキリスト教に救いを求めた芥川にとって、お釈迦さんはどういう存在だったんだろう。蜘蛛の糸から十年後自死するまでその晩年はキリスト教のアフォリズムに満ちている。しかしキリストを生け贄に現世の救いを求めるのは芥川の本意ではなかろう。生と死を渡すもの、生死一如の不可思議をこそもっと表現して欲しかった。磔のキリスト像より極楽の池の畔を優雅に歩む釈迦像こそ救いにふさわしい。そして極重悪人は大慈悲心の対として人間釈迦の本質でもある（極楽の池は地獄の血の池に通じている）。『赤い鳥』に『魔術』や『アグニの神』を寄稿したではないか。昭和二年七月芥川は自死するが『赤い鳥』はそれには全くふれない。

　大正十二年九月一日関東大震災。さすがに十月号は休刊だが十一月号に三重吉の筆による『大震災記』が掲載されているのでその抜粋。「気の毒なのは手近の小さな広場をたよって坂本浅草両国なぞのような千坪二千坪ばかりの小公園なぞへ逃げこんだ人たちです。そんな人はぎっしりつまったなり出るに出られず、みんな一しょにむし焼きに会ってしまいました」「大学図書館の五十万冊の本はすっかり灰になるまで三日間燃えつづけた」「今度の大変災を機会としてすべての人が根本に態度を改め直し、勤勉質実に、本当の合理的な生活をする習慣を固め上げなければならないと思います」

　昭和十一年六月三重吉死去。赤い鳥は八月号で終刊。十月、赤い鳥鈴木三重吉追悼号刊行。赤い鳥に関係した多くの詩人作家音楽家画家の追悼文はもとより、小学生児童の追悼綴り方もある。漱石夫人夏目鏡子さんのもある。「鈴木さんは大の子供嫌いで、子供はうるさいな、たんすの引き出しにでも入れておくといい」などと書いている。そもそも漱石は「文鳥」に二重人格的な三重吉の人となりを描き出している。三重吉の子息珊吉さんは「祖父が孫である父（三重吉）の可愛さから毎日の晩酌に父を膝にのせ猪口の酒を孫になめさせるようになりそれから父は酒の味を覚え若い頃から大酒をのむようになった」と書く。まるで私と父の姿だ。二歳、父が膝で杯をなめさせているのを見て叔母が「兄さんやめなはれ」と言うのに「うまそうに飲みよるがな」と言ったそうな。そしてアラ古希の今、原則一日おきの解禁となっている。

　追悼文の嚆矢はなんといっても絶交したはずの白秋の献詩であろう。昭和八年八月号以降寄稿していなかったが昭和十一年十月追悼号に弔詩を寄せたのである。その一部をここに引く。「貴き騎士／かぎりなき空の雲を／君飛ぶか／天馳使（あまはせつかい）／眉も高く／童らの夢なりしか／騎士なりしか君／風をいたみ翼ある馬さばくと／駈けぬくと／ただありや天の直路（ただじ）／早虚（むな）し、杳（とほ）く杳（とほ）く響き消えぬ」この号には三重吉ゆかりの写真も数葉掲載されているが、この詩は軍服軍帽軍靴をびしっと決めて軍馬にまたがる三重吉の姿を彷彿とさせる。

　華美な葬儀も僧侶の読経も望まなかった三重吉にとって一番の供養は沈痛な鳴り物としての、元祖乗り鉄の親友内田百閒（ひゃっけん）の号泣であったようだ。

了

一九七一

タクシーのカーラジオから「作家志賀直哉死去」の報が流れた。そのことがずーっと記憶の淵に沈んでいる。志賀直哉は教科書の『城の崎にて』ぐらいしか知らなかったがなぜ半世紀も記憶に残ったのか。

その頃大阪の池田に下宿していた。普通の民家の二階を仕切って数人のH大生を置いていたのである。そのうちの同じ一年生（名前も顔も忘れたが愛知の横須賀高校出身だったと思う、愛知で横須賀が印象に残ったのだろう）とかたらってなぜかは知らねど大阪市内で開かれている集会に行こうとしたようである。

今思うと志賀直哉命日は一九七一年十月二十一日つまり国際反戦デー。反戦集会はたしかどこかの公園であっていたのだろうがよくわからないので阪急梅田からタクシーで行ったのだろう。貧乏学生が好奇心だけでタクシーでデモの会場まで乗り付けるとは。デモに参加したことは、ひもで結べないズックでいったので片方脱げてしまったことを覚えていることで確かだろう。

デモに行ったのはそれっきり。下宿も変わった。政治的にはノンポリを決め込んだ。

そもそも四月の入学から十月二十一日まで半年何をしていたのか。いわゆる教養だったのでとにかく出席だけはしていただろう。理系だったが一般教養で未必の故意という法律用語を覚えもした。ただ囲碁を覚えたかったので古本屋で高川格の本を求め学生会館で読みながら横目で囲碁部の猛者たちの対局を眺めていた気がする。あれから五十年大して腕の上がらぬまま今日に至る。ＮＨＫの囲碁番組を見ながら無聊を慰めている。

それにしても今回なぜカーラジオの志賀直哉の訃報から書き始めたのか。学生会館ではなく、中庭で『無知の涙』を読んでいる自分の姿が漂っていてそれを書いてみようと思ったのだった。その前にわが志賀直哉の亡霊に付き合っていただきたい。

ほりわり前号三十四号で芥川を少し調べた時に、「『暗夜行路』はうまいよ」（「新潮合評会」昭和二年二月）というのを見出したからである。昭和二年二月『暗夜行路』はまだ完結を見ない（昭和十二年完結）。芥川は昭和二年七月自死している。『暗夜行路』前編に「或る処で諦めることで平安を得たくない、諦めず、棄てず、何時までも追求し、その上で本統の平安と満足とを得たい。本統に不死の仕事を仕た人には死はない」という一節があるがこのあたりに共感あるいは自死直前の救いを求めたのではなかろうか。小林秀雄などは勿論全編を読んで恋愛小説だと批評したそうだがそれはこの小説のはばといったものだろう。ともかくそんなこんなで志賀直哉に当たってみようと思い、『暗夜行路』の他に短編集と随筆集をひもといた。

志賀直哉と言えば『城の崎にて』というほどポピュラーな短編だろう。今までどれほど入試問題に題材を提供してきたことだろう。昭和四十年代中学高校生だった私もどちらかで習ったと思う、今はどうか知らないが。あらためて読みかえしてみた。いくつかの小動物、蜂、鼠、蠑螈（いもり）の死に様に遭遇して、自分が城の崎温泉に養生しに来ることになるきっかけになった事故に言及し死生観を披瀝している。それにしても山手線の電車に轢かれて入院はしたが温泉で養生するほどに回復するとは。作者が気まぐれに投げた石がたまたま蠑螈に当たり死んだ。電車に轢かれても死なかった自分。「生きている事と死んで了っている事と、それは両極ではなかった。それ程に差がないような気がした」

　蠑螈と劇的な遭遇をしたのは「或夕方、町から小川に沿うて一人段々上へ歩いて行った」その先、もう帰ろうと思いつつ角を一つ一つさぐり徐々に薄暗くなり空気も冷え冷えとしてきたとき川の流れに蠑螈を見出したのである。小流れの石の上にいたので脅して水に入れてやろうと思って投げた石が当たったのである。見知らぬ道を夕方どんどん進んで不安を覚えた事は誰にでもあるだろう。それはどこか死を前にした不安に通ずるのではなかろうか。

　随筆集に『盲亀浮木』——〈大海中に住み百年に一度水面に出てくる目の見えない亀が、ようやく浮木に遭いその穴に入るという「涅槃経」などにある話から〉めったに会えないこと。また仏法に出会うことが困難であることのたとえ—という章があり、そこにまた「クマ」と題された小品がある。不思議の話だがまさに実体験だろう。

直哉の飼っていた犬がある日行辺知れずになった。

その犬の名がクマ。見かけからの命名である。白と濃茶の長い毛がごっちゃに生えて唐獅子とも熊とも言っていいほどである。ただ躾が行き届いてアヒルや鶏を庭に放しても襲わない。ただたまに人間にかみついたそうな（最近は室内犬が多くてお参りに行ったとき私も一度ならずかみつかれたことがある）。

さてそのクマがいなくなって一週間。直哉は子供たち二人と所用で都心に出た。バスの中からなにげに外を見ると小走りに走っている犬が目にはいった。「あれクマじゃないか？」「クマだクマだ」と娘。近所を大声で探し警察にも届けて一週間。驚きと喜びが一緒くたになってバスの中で大声を出す親子（特にコロナ禍の今では考えられぬ）。直哉はむんずと席を立って、「規則でございますから」と遮る女車掌を押しのけ、運転手は事情を察し速度を緩めてくれたバスから飛び降りやにわにクマを追いかける。自転車の青年がそれを察して追いかけてくれた。捕まえてはくれなかったが直哉は心付けを渡している。ようやく空の円タクを捕まえてクマと子供二人を乗せ家に帰り着くことができた。いくつかの偶然が重なって奇跡的なことが起こったのは確かだろう。当時直哉五十代半ば吾々が写真で見るような和服ではなく洋装であったことも幸いしたようだ（私もかつて五十を越していたと思う、羽田空港で搭乗口へだだ走りしたことがある。とにかく一人だけでも手続きすれば出発することはないだろうと。妻と子供二人のために火事場の馬鹿走りができる事を知った）。

『盲亀浮木』の章には他に二編不思議の話がある。うち一編は夢のお告げ風である。夢を元にした短編もいくつも書いている。

『小僧の神様』は童話と言っていい作品である。作品名は内容からいって二様にとれる。「小僧にとっての神様」あるいは「小僧は神様」である。

貴族院議員のAがひょんなことから秤屋の小僧に鮨をおごらなかったのが発端である。

小僧は店の番頭たちの新しい鮨屋ができたのどうのというような話を聞いて早く自分もそういう身分になりたいものだと口の中を唾で満たしながら思った。それから二〜三日後、小僧は電車の往復運賃をもらって使いに出された。用を終えたあと番頭たちのいっていた鮨屋の前を通りかかり思い切って暖簾をくぐった。

その時先に客としてきていたAを押しのけて鮪の鮨に手を伸ばしいったん握って躊躇して手を引いた。鮨屋の主（あるじ）は無慈悲にも「一つ六銭だよ」と言った。小僧の手には帰りの電車賃四銭しかなかった。その声にしばらく立ちすくんで意を決して出ていったあと主は「当今は鮨も上がりましたからね。小僧さんにはなかなか食べきれませんよ」と言って小僧の手をつけた鮨を器用に自分の口へ投げ込むようにしてすぐ食って了った。その時とっさのことで判断しかねたがせめて一個六銭ぐらい奢ってやるんだったとの悔やみがAには残ったのである。

そうしてある日体重秤を買うことになってたまたま小僧のいる秤屋にきた。Aにはあの時の小僧だということがすぐに分かった。小僧に秤を一緒に運搬してもらい途中で宅配便に預け小僧には先日の自分の悔やみを晴らしてもらおうと鮨屋に連れて行ったのである。たっぷりと食わせてやってくれと先に会計を済ませて勿論住所は告げずに帰ったのである。

その後小僧はあの時あの場にあの人はいたんだということに思いいたったがどうにも不思議の気持ちが湧いてくる。番頭たちの話さえAは知っていたのではないかとさえ思った。やがてはAを神様だと思うようになる。

Aつまり作者は小僧が突き止めたその住所にお稲荷様の祠があるというエンディングにしようとしたが、「然しそう書く事は小僧に対し少し残酷な気がして来た。それ故作者は前の所で擱筆する事にした」これはどういうことかというと小僧に対して残酷と言うより小僧に姿を変えた神様に自分が試されている、小僧は自分の偽善を見抜く神様だったのではないかということではなかろうか。秤屋の小僧仙吉の神様と作者Aの神様とは相容れない。それぞれその思惑はお互い知らない。独立した神様なのである。むかし直哉は内村鑑三に心酔していたと言うがそのことに関係しているのかもしれない。内村の言に「神は実際の世界において今もなお日ごとに活動したまう」(『聖書之研究』)というのがあるが、神は偏在する或いは神は細部に宿りたまうということではなかろうか。

一九七一年十月二十一日午前十一時五十八分志賀直哉死去。享年八十八。その日の夕方のニュースで流れたのである。そして二十六日の葬儀告別式は本人の希望により無宗教式で執り行われた。

『無知の涙』に行く前に一九七一年を簡単に振り返っておこう。今度はウィキペディアに頼らず、週刊現代の特集、「一九七一—今から五十年前、日本人が本気で生きていた時代」(二〇二一年二月二十七・三月六日号)を参考にさせてもらう。

激動の一九七〇年、よど号ハイジャック、万博、三島腹切りときて一九七一年。「ザ・タイガース」の解散で幕を開けた、とある。沢田研二も私の兄と同級なのでもう七十三歳。あの頃のスタイル容姿は見るべくもないが二〇〇六年の上野樹里主演の

『幸福のスイッチ』と言う映画での演技は出色で、役者でうんと仕事をして欲しかった（まだ生きてるが）。今度コロナで死去した志村けんの代役で山田洋次の『キネマの神様』に出るそうだが、一九七一年はドリフの『8時だヨ！　全員集合』がブレイクし始めた年でもある（私個人は志村と変わる前の荒井注のほうが面白いと思った。志村は加藤茶とかぶってしまう。生来のコメディアンは風貌だけでなく見ているだけで面白い人、その意味で加藤茶のほうがコメディアンなのだ）。

高野悦子の『二十歳の原点』もこの年。その後映画化されその時の確かバイト先の上司役の地井武男が印象に残った。スポーツ界では大鵬が引退（今その孫王鵬を応援している。顔が大鵬に似ていてつい、貴闘力の顔も入っているが）、玉の海が横綱になったが急死。虫垂炎から腹膜炎を起こしたと思っていたが記事では死因は肺血栓とある。吾々の世代玉の海と言えば神風と並んで相撲解説が懐かしいが。野球では江夏のオールスター九連続三振。もう誰もこの記録は破れない。歌謡界は南沙織、小柳ルミ子、天地真理の三人娘。誰のレコードも買ったことはなかったが、ヒット曲はおおむねカラオケると思う。歌ったことは多分ないが。尾崎紀世彦の『また逢う日まで』は後年合唱でも歌った。フォーク、ロック、ジャズに目覚めるのはもう少し後である。

社会的にはベトナム戦争が泥沼化し成田闘争が激化していた。私が初めて選挙権行使したのはやや後年、反対同盟委員長戸村一作が参議院選挙に立候補したときである。また沖縄返還協定が調印され翌年一九七二年五月十五日返還となる。一九七一年冬休み、まだ外国の沖縄にパスポートをとって友人と一週間ほど旅行した。このことは前に『読谷親鸞塾』（ほりわり三十三号）の稿で少しふれた。

特集は次のような文章で締めくくられている。「五十年前、日本人は本気で生きていた。あの輝きは、今でも色褪せることはない」なおこの記事は無記名で書かれている。

さてそろそろ『無知の涙』に入らねばならない。

この書籍にまるで無知の人のためにまずもって概略を述べる。この本の著者永山則夫（一九四九―一九九七）は連続殺人犯にして死刑囚、一九九七年処刑された。一九六八（昭和四十三）年十月～十一月にかけ、米軍基地から奪った拳銃で東京、京都、北海道、愛知で四人の男性を射殺。一九六九年四月逮捕。当時未成年だったが「刑事処分相当」ということで刑務所に収監され、大学ノートに、無知の涙をインクとして書かれた獄中手記が支援者らの手によって一九七一年発行された。『小僧の神様』に貧困が見えるが『無知の涙』にはもっとえげつない貧困が見える。貧困をテーマに書かれていると言っていい。声高にプロレタリア革命を叫び、終章はただ一行「学問の卒業時点とは、敵となるか否かにかかわらず、マルクス経済学を理解することにある」で結んでいる。

　マルクスの資本論彼は読破したようだが私はその気にならなかった。そもそも経済に興味はなかったし唯物論にはくみしないと思っていたから。ではなぜ大学の中庭や学生会館でこの書を読みふけっている自分の姿が亡霊のように浮かんでくるのか。今回、小さい活字をなんとか追いかけたが分からなかった。そしてなぜこの本を手にすることになったのかも記憶がない。この手記は一九六九（昭和四十四）年七月二十二日から一九七〇（昭和四十五）年十月十九日までの間に東京拘置所にて大学ノート十冊に書かれた。出版は一九七一年三月十日。この本を読んでいたとき永山は監獄にあり私は大学に入学したばかりだったろう。大学合格の喜びよりはじわじわと人間不信に蝕まれていたのではなかったか。それというのも小中高と同級の友が自分がK大滑ったのは私のせいだと面と向かって言ったのである。確か偶然乗り合わせたバスで吊革につかまりながらだったと思う。私は前年受かっていた別の私大に籍を置いたまま浪人し予備校に通わなかったが、彼は予備校に通っていた。家は近かったので息抜きに囲碁将棋をしに行っていたのだが、それで勉強時間削られ自分は落ちたのだと。それはないだろうと今でも思う（或いは彼はもう忘れたかしら、だってそれ以来逢ってないので確かめようがない）。ただ彼は有名私大を卒業し松下（現パナソニック）

に入りサラリーマン生活を全うし悠々自適の老境に入っているのでは無かろうか。私は同級会等一切出ないのだが中高と一緒だった別の同級生、私の数少ないいや古里のたった一人の友人がたまに情報をくれる。なんてったって多くの同級生は今年古希を迎える。

もう一つ私の人間不信を深めたのは、私鉄の駅からキャンパスに向かう道の途中で、たしか部活の勧誘かなんかのチラシを配っている在校生との立ち話からである。医学部の学生だっと思うが「するとあなたの理想は人造人間を作り出すことなんですね」という私に対して「そうです」と。八歳の時農薬事故で死んだ父のかたきをとるために大学に入って、近代合理主義を批判するため武器としての理系の勉強をしよう思って大学に入った私の出ばながくじかれた思いだった。あれから五十年現に今分子生物学遺伝学は猛烈に進化を遂げている。

そもそもがまともに就職する気はなく、ぼんやりと児童文学の方へでも行こうかと思ったり、そのことを母親に言って「阿呆なことゆうて」と呆れられたり。永山則夫は幼少期網走で母親に捨てられ飢え死にしても凍死してもおかしくない状況におかれその恨みは骨の髄までしみ込んでいたようだが、私にとって母は父であり乳であった。

父の死後、自分が死ぬことより母が死ぬことが怖かった。そういう母を悲しませるわけにはいかないという理屈で学生運動には手出ししなかった。ただ身近に黒ヘルをかぶって運動している友が居て彼から「フォークの神様」岡林信康のことを知った。

彼の下宿でサントリーレッド二人で一本開けてひっくり返ったこともある。みんな貧乏が悪いんやと歌う「チューリップのアップリケ」部落差別に苦しんで自死した人の遺書を元に作った「手紙」、友はギターの弾き語りで歌ってくれた。岡林と同郷でこれらの歌を知らなかったことを恥ずかしいと思った。誰に対してでもない自分に対して。この友も如才なく卒業し、ノーベル賞受賞者の上司として新聞に名前が出た。

永山則夫の父親はもともと腕の立つリンゴ剪定職人だったが酒と博打で家庭を顧みず岐阜で行路病者として死亡、つまり野垂れ死にした。彼の散文が背伸びしているように見えるのはリンゴ剪定の父の血を受け継いだものだったのか。それにしても一九六九年四月逮捕され五月東京拘置所に移送、七月二日『無知の涙』執筆開始、一九七〇年十月三十日了、この間に『資本論』『純粋理性批判』等読みかつ書いたのである。驚異的な仕事である、他にすることもなかっただろうけど。もちろん自分がなぜ四人も殺害するような事件を起こしたのか知りたいという根源的な動機とともに、これを出版してこの事件の遺児の金銭的援助になればという思いがあったのである。被害者の一人の奥さんが妊娠していたのである。貧困が元でこんな事件を起こしたことの償いを具体的にしたかったのだろう。

〈みんな貧乏が悪いんや〉

永山は他にドストエフスキーも読んでいる。ただ青年の老婆殺しで有名な『罪と罰』はすでに、明大付属中野高校（定時制）に再入学したときに、〈この著と国語辞典とを小脇に抱えて普遍的な学生の真似をして、ある学校の屋上で、そして電車の中でまたは例の森の小池のほとりで……読み、忘れられないものとなっていた〉当時の大学生の姿に憧れていたのだろう。この時クラス委員長にも選ばれている。結局中退するのだが。

因みにドストエフスキーは思想犯として銃殺刑に処せられるところその直前に中止になっている。また私は後年親戚のうちに居候しているとき新潮社版の分厚い文学全集でドストエフスキー、バルザックを読破して小説を書くのを諦めた。小説を明らかに見た。以後あまり小説を読まなくなった。興味本位に手にとっては見るが途中で退屈したりする。ただ手塚治虫がかつて芥川賞だけは読むというのに習ってそうしていたが最近はそれもどうかな。

『無知の涙』散文にはちょっとうんざりさせられるが詩には見るべきものがある。一つ取り出してみよう。

三月十日（一九六九）
ああ　命のあることの楽しさよ
ああ　世界の見えることの嬉しさよ
ああ　全体の素晴らしさよ

そして見れば　この小人独りのみすぼらしさ
そして見れば　知りえない地獄の面白さ
諸君！　地獄へ俺は逝くぞ
そこでホウチョウ持って戦うぞ

閻魔は俺と同じ人殺しの相棒だ
地獄は俺の住処でござる　たいしたもんだろ
地獄から逃亡する時　川石を盗んでくるぜ
月の石は高価になるが　三途の石はいくらになる？

おお　大発見だ！　天国とは人世のことだ
おお　なんでも可能な　緑（あお）のこの世界
おお　微生物が雄叫びする世界

包丁持って

ふつう題は初めにつけるが永山は詩のさいごに持ってくる。その理屈をどこかに書いていたと思うが今ちょっと見出さない。題を前に置こうがあとに置こうが中身は変わらない。短歌は啄木しか読んでないせいか三行書きで大して見るものがない。

さてこの詩で面白いのは地獄でピストルではなく包丁を持って戦うといっている。体を張って戦うということだな。親鸞に「地獄は一定住みかぞかし」というのがある。たぶん永山は親鸞のことは知らなかったと思うが、はからずも同様のことを言っている。さらに、歎異抄に「往生のために千人殺せといわんに、すなわちころすべし。しかれども、一人にてもかないぬべき業縁なきによりて、害せざるなり。わがこころのよくて、ころさぬにはあらず。また害せじとおもうとも、百人千人をころすこともあるべし」とある。〔往生のために千人殺せといわれて殺してごらんなさい。しかし一人であっても業縁がなければかなわない。自分の善なる心で殺さないのではない。